「5分後に意外な結末」シリーズ

5分後に恋の結末

友情と恋愛を両立させる
3つのルール

橘つばさ・桃戸ハル 著　かとうれい 絵

主要
キャラクター
イメージ
character image

宮野 紗月
Miyano Satsuki
160cm
リュック
シンプルめ、
黒
髪型：茶髪、ミディアムボブ
制服：カーディガン＋ブレザー
寒がりだけどミニスカ
紺ソックス(短)
リュック
茶ローファー

森 エミ
Mori Emi
151cm
髪型：明るめの地毛、ショートボブ
ヘアピンつけてる
制服：きっちり着る
ブレザー
紺ソックス
黒ローファー

桜木 詩都花
Sakuragi Shiduka
164cm
口元にホクロ
髪型：黒髪ロング
制服：ブレザー
紺ソックス
黒ローファー

橘つばさ

和歌山県出身。日本大学芸術学部文芸学科卒業。
小説ほか、幅広いジャンルで〈物語〉を創作。
著書に、『5分後に思わず涙。』（共著）など。

桃戸ハル

東京都出身。三度の飯より二度寝が好き。
著書に、『5秒後に意外な結末』ほか、
「5分後に意外な結末」シリーズなど。

かとうれい

青春を感じる、甘酸っぱくロマンチックな世界観を
描くイラストレーター。広告、挿絵、映像、
CDジャケットなど、さまざまな分野で活躍。
画集に『girl friend』（宝島社）。東京都在住。

ブックデザイン: Siun　編集協力: 高木直子・松下明日香　DTP: 株式会社 四国写研

目次

Contents

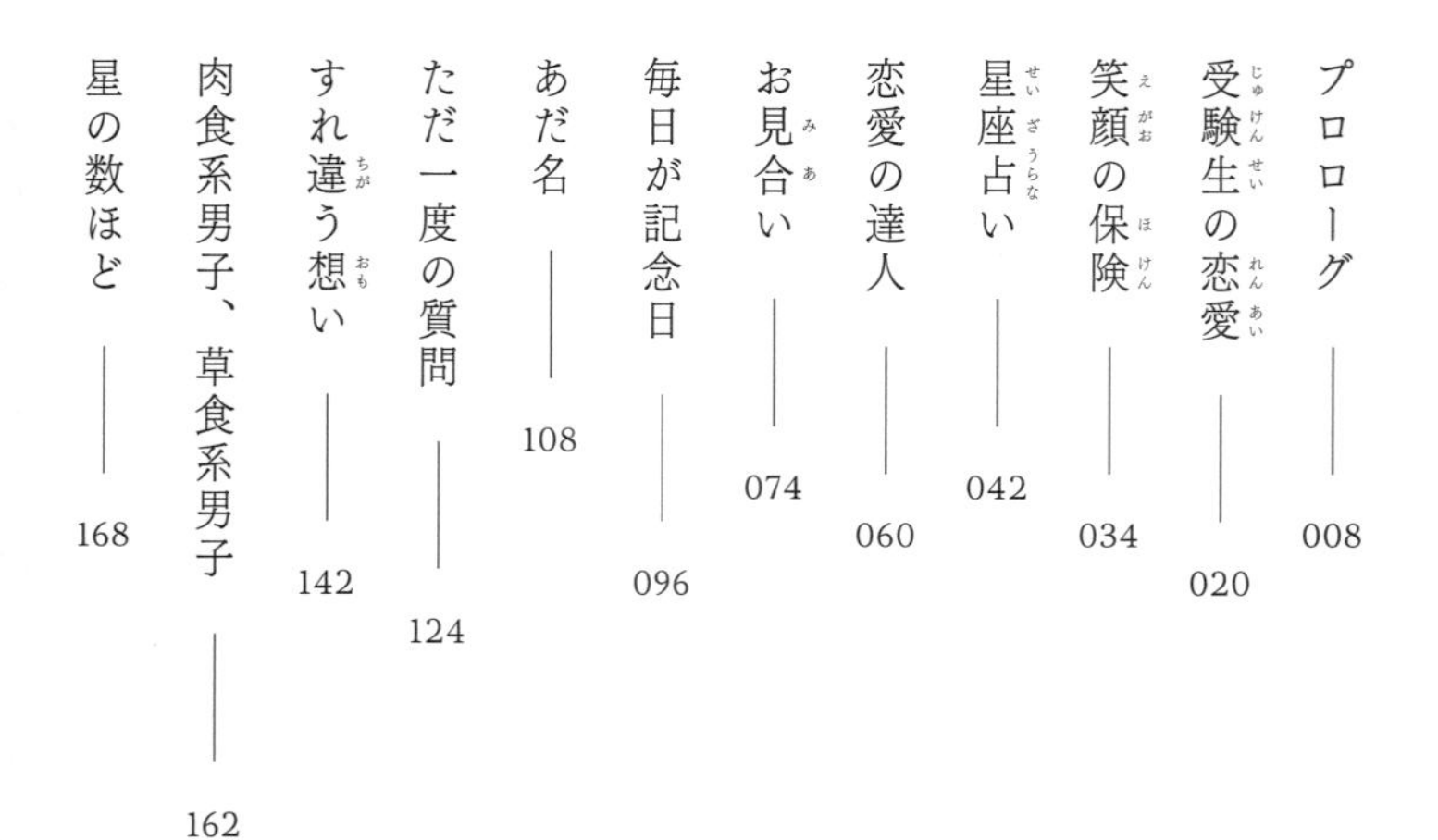

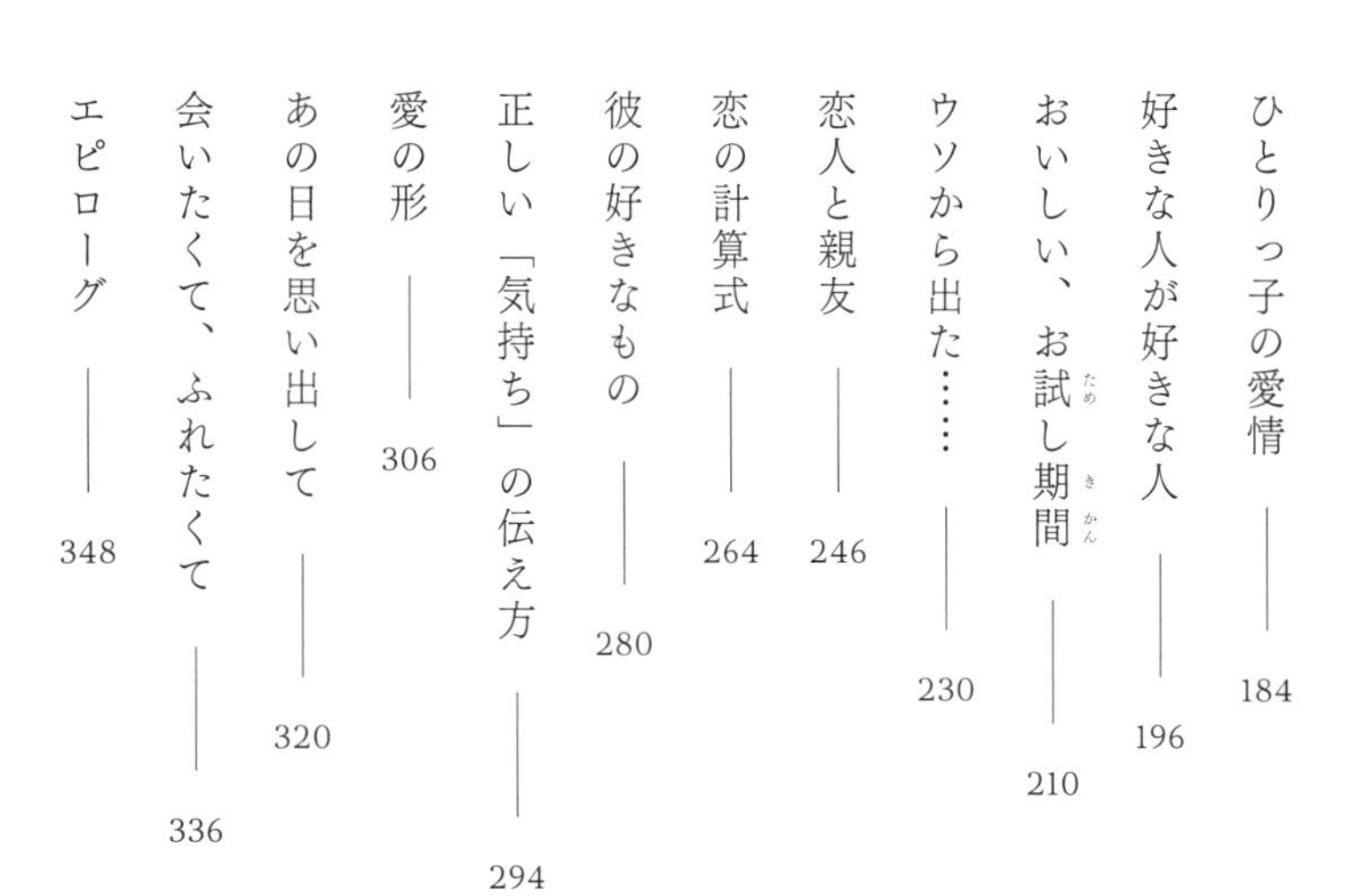

プロローグ

昼休みを告げるチャイムが鳴り始めた。鳴り終わる前に、なんとか授業に区切りをつけようと、数学の教師が数式の続きを、ものすごい勢いで黒板に走り書きする。すでに自力で答えを導き出していた詩都花は、あれを解読するのはちょっと大変だろうな……と、クラスメイトたちの苦労を――そして、あとで自分が言われるであろうセリフを想像して、かすかに苦笑した。

「詩都花ちゃーん、お昼いこー」

教科書とノートを片づけていた詩都花のもとに、ピョコピョコとエミがやってくる。エミは高校2年生のわりに小柄で、ちょこまかとしたその動きはリスやハムスターといった小動物をイメージさせる。いつもと同じように癒された詩都花は、思わず微笑みを浮かべた。

エミは、ドングリを手に持つリスのように、ポップな花柄の弁当包みを抱えている。今日の弁当も、いつものように彼女が手作りしてきたものに違いない。詩都花のほうは、母が作ってくれた弁当を手に席を立つ。今日は火曜日なので、屋上で食べる日だ。

「エミ、さっきの最後の数式、ノートとれた？」

「うーん、ちょっとヤーさんの字がね……。あとで詩都花ちゃんに教えてもらおうと思って、写すのあきらめちゃった」

「ヤーさん」というのは、さっきまで2人のクラスで授業をしていた、数学教師のことである。ヤーさんは、やせ形で強面な30代の男性教師だ。サングラスをした彼が、異様に車高の低い黒い車に乗っているのを生徒の誰かが目撃したとかで、そう呼ばれ始めたらしい。つまり、「ヤクザ」の「ヤーさん」である。

その顔つきから誤解されることが多いが、性格は温厚で、家庭では奥さんに頭が上がらないというから、つくづく、人は見かけで判断してはいけないと思う。

「だから詩都花ちゃん、あとでノート借りてもいい？」

両手を顔の前で合わせたエミに拝まれて、詩都花は軽く「いいよ」と応じた。うなずいた拍子に、背中の中ほどまであるストレートの黒髪が、窓からそそぐ陽の光にきらめく。「この黒髪が大和撫子っぽいよね」と言って、詩都花に昭和チックなあだ名をつけたもうひとりの友人も、今、屋上に向かっているところだろう。

「さすが、学級委員長は頼りになるなぁ。テスト前も、詩都花ちゃん様様だもん」

「おだてたって、何も出ないわよ」

「そんなんじゃないよ。何か恩返しできないかなって、いつも思ってるんだから」

「そんなの、気にしなくていいわよ。……あっ、でも、それじゃあ教えるかわりに、今度お弁当作ってきてもらおうかな」

「なんだ、そんなの楽勝だよ！　妹の分も作ってるから、2人分も3人分も変わらないし」

　そんなことを話しているうちに屋上に着く。いくつかあるベンチはすでにほかの女子グループやカップルに占拠されていた。どこか適当な場所が空いていないかと探したが、結局、コンクリートの屋上に、直接座ることになった。スカートがヨレないように腰を下ろし、2人して弁当箱を広げる。

「わー、詩都花ちゃんのお弁当、相変わらず豪華だねぇ。エビフライと、アスパラの豚肉巻き？主役が2人いるー」

「そんなこと……。エミの玉子焼きのほうが、おいしそうだよ」

「ほんと？　じゃあ交換する？」

「えっ、いいの？　ありがとう」

そのとき、詩都花ともエミとも違う声が割って入ってきた。

「まー、キラキラしちゃって。ここだけ女子校かと思ったわ」

同時に顔を上げた2人に、3人目のメンバー――紗月が健康的な笑みを返す。やっとそろった、と、詩都花とエミもにこやかな表情で紗月を迎え入れた。

桜木詩都花、森エミ、宮野紗月の3人は、同じ中学に入学して知り合った。もう高校2年生だから、そのときから始まった付き合いも今年で5年目になる。育った環境も性格も違うのに意気投合できたのは、むしろ環境も性格も、まるで違ったからかもしれない。

詩都花とエミは同じ1組で、紗月だけが3組なので、こうして昼休みに日替わりで屋上や中庭や食堂に集まり、ランチを食べるのが決まりになっていた。

「遅かったじゃない、紗月」

「購買部が超混んでてさー。でも、カレーパンは死守したよ。タマゴサンドは売り切れてたから、もうひとつは妥協してクリームパンだけど」

紗月はそう言うと、パンを手に詩都花の隣に腰を下ろし、牛乳のパックにストローをさす。きゅーっと、パックがへこむほど一気に飲んだかと思うとパッと顔を上げ、まくし立てるように言葉を吐き出した。

「もー、相変わらずマッドの話、長すぎ！　チャイム鳴ってんのにメンデルの法則がどーたらこーたらって、ほんとメーワク。タマゴサンドが買えなかったのは、アイツのせいだ！」

「マッド」というのは生物の教師で、こちらは、「マッド・サイエンティスト」からとったあだ名である。彼は、授業終了のチャイムが鳴っても、キリがいいところまでずっと話し続けるため、生徒から悪評を買っているのだ。

とくに、４時間目の授業がきちんと時間どおりに終わるかは、生徒たちにとって最大級に重要な問題である。授業が長引いて昼休みに食いこめば、購買部の人気商品は売り切れてしまう。カレーパンやタマゴサンドがその代表で、ひとつでも手に入れられた紗月は、まだ運がいいほうだ。

「マッドは、『遺伝子操作で食糧問題が解決する』みたいなことを言ってたけど、目の前の生徒が飢え死にしかけてるって、わかんないのかね!?」

紗月は、ブツブツと不平をこぼしたあと、「ふんっ」と力任せにカレーパンの袋を開けた。「飢え死にしかけている人間が、どうしてそんな力を出せるのよ」という言葉が、詩都花のノドまでこみ上げる。しかし、もう怒りを忘れたのか、幸せそうにカレーパンを頬張っている紗月を見て、その言葉をそっと胸にしまうのだった。

紗月が夢中になっているラグビーボール形のパンには、ゴロゴロと具の入ったピリ辛カレーが、たっぷり詰まっている。これを目当てに運動部の男子生徒が購買部に殺到するはずなのに、毎回しっかり勝ち取ってくる紗月は本当にたくましい。詩都花とエミは、毎度のように、そう感心するのだった。

一心不乱にカレーパンを頬張っていた紗月が「ん？」と顔を上げたのは、ラグビーボールが半分よりも小さくなったときだった。

「あそこにいるの、みっちゃんじゃない？」

それぞれ弁当をつついていた詩都花とエミも、紗月が見つめる方向に視線を向ける。するとそこには、ぽつんとひとりですみっこのベンチに腰を下ろし、おにぎりを小さくかじっている女子生徒がいた。

３人と同じ中学から進学してきた、白石瑞穂だ。３人とも、中高どこかのタイミングで同じクラスになったことがあるので、共通の友人だった。

「ほんとだー。なんか、思いつめた表情してない？」

「珍しいわね」

エミと詩都花が言葉を交わしていると、それまで黙々とカレーパンを食べていたはずの紗月が、突然つぶやいた。

「恋の事件のにおいがする」

は？　と、詩都花とエミの声が重なった。

「紗月、またそれ？」

「紗月ちゃん、ほんと好きだよねー、恋の事件」

あきれた様子の詩都花と、のんきに笑うエミを、紗月がムッとした顔で軽くにらむ。

「なによー。こういうカンは当たるんだから。わたし、ちょっとみっちゃんに話聞いてくる」

言うが早いか、カレーパンの残りを口に放りこんだ紗月が、腰を浮かせた。そのスカートのすそを、「ちょっと」と詩都花がつかんで引き止める。

「紗月、もうちょっと様子見てからにしなさいよ」

「だけど、もし何か悩んでるんだったら、聞いてあげたほうがよくない？　『恋の病』って、いうでしょ？　病気の人を放っておくなんて――」

「紗月」

「……はい」

詩都花の語調が変わったことに気づいて、紗月が少しテンションを下げる。

「紗月が言いだした3つのルールって、なんだっけ？」

そう聞かれて、紗月は少し苦い顔をした。それでも詩都花は追及の手をゆるめることなく、目だけで続きをうながした。紗月は、とうとう根負けして再びその場に腰を下ろし、口を開く。

「その一、『二股禁止！』」

「うん」

「その二、『人の恋路の妨害禁止！』」

「うん、それから？」

「その三、『悩みを抱えてくよくよするの禁止！　あと、言いたいことは言うけど、過干渉は禁止。それと、秘密は絶対厳守』」

聞いて納得したようにうなずく詩都花の隣で、エミが、ふと首をかしげた。

「ねぇ。前から思ってたんだけど、3つ目って、いろいろくっつけられてるよね。3つじゃなくて、明らかに4、5個あると思うんだけど」

「しょうがないよ、いろいろ増えていったんだから。それに、『3つのルール』のほうが、語感もいいしさ」

「エミ、紗月。話がそれてる」

詩都花はピシャリとそう言うと、食べかけの弁当を横に置いて、改めて紗月を見つめた。

「とにかく、いきなり突撃したら瑞穂も驚くでしょ。気をつけないと、『過干渉』になるよ」

「大丈夫！　話を聞いて、ちゃんと判断するから」

あっけらかんとそう言った紗月が、詩都花のスキをついて素早く立ち上がる。詩都花とエミが、あっ、と思ったときには、紗月は瑞穂に向かって手を振っていた。

「みっちゃーん！　こっちで一緒に食べなーい？」

紗月のよく通る声に、まわりの生徒が振り返る。呼ばれた瑞穂もすぐに気づいて、弁当の包みをまとめ、3人のほうに向かって歩きだした。瑞穂が立ったことで空いたベンチには、すぐに騒がしい女子グループがやってきて、あっという間に埋められてしまった。

「今日も3人一緒なの？　ほんと、仲いいね」

セミロングの髪を揺らしながらやってきた瑞穂は、紗月と詩都花の間に座り、3人だった輪は4人になった。そこへ紗月は、ためらいもなく切り出す。

「みっちゃん、何か悩んでるの？」

「え？」

「なんか、そういうふうに見えたから。もしかして恋の悩みかなって」

「紗月、『話を聞いて判断する』んじゃなかったの!?」

非難するような詩都花の言葉に紗月が反論するより早く、弱々しい笑顔で「ううん」と首を振ったのは瑞穂だった。

「いいの。本当に悩んでたから」

「それって、例の先輩のこと？」

口早に尋ねた紗月に、瑞穂が目をしばたかせる。少し悩んだあと、瑞穂は伏し目がちに、小さく「うん……」とつぶやいていた。

「よかったら、話してみない？　ちょっとは気持ちが楽になるかもよ」

紗月が瑞穂の背中に手をそえて、その顔を横からのぞきこむ。おずおずと顔を上げた瑞穂は3人の顔をうかがうように順番に見たあと、小さなため息をついた。

「じつはね――」

決意とともに口を開いた瑞穂に、紗月と詩都花とエミは身を乗り出した。食事の手は、とっくに止まっている。

乙女たちにとって、恋の話はランチにも勝る「ごちそう」なのである。

受験生の恋愛

瑞穂には、ずっと好きな人がいた。3年生の先輩、早見大輔だ。

じつをいうと、大輔は同じ中学の先輩でもあり、そのころから瑞穂は彼のことが気になっていた。バスケ部で活躍していた大輔は、校内ではちょっとした有名人で、ファンを自称する女子生徒たちが練習を見学するほどだった。

そんなに人気者なら、一度くらい見ておこうかな、と、中学に入学したばかりだった瑞穂は軽い気持ちで体育館をのぞき――そして、軽々とダンクシュートを決めて汗を光らせる大輔の姿に、一瞬で恋に落ちたのだ。

ただ、子どものころから内気だった瑞穂は、いつになっても大輔に話しかけることができなかった。たまに廊下ですれ違うたび、密かに胸を高鳴らせるのが精いっぱい。大輔が卒業したあとは、内気な自分を責め、やっぱり気持ちを伝えておけばよかった、と、どれだけ後悔したかわからない。

だから、瑞穂が自分の進学先を選ぶ時期になったとき、大輔の存在は、とても大きな要素になった。瑞穂は、大輔が進学したのと同じ高校を受験したのだ。合格できたのは恋するパワーのおかげだ、なんてことを思ったのは秘密である。

大輔は、高校でもバスケットボールを続けていた。そのことが嬉しくて、その姿を見たくて、瑞穂は何度も何度も、体育館へ足を運んだ。大輔のまわりには、いつも、中学のときと同じようにファンの女子生徒たちがいて、黄色い声を上げていた。ああいうふうに気持ちを声にできたらいいのに……とうらやましく思いながら、やはり瑞穂には——かつて後悔したにもかかわらず、ひっそりと胸を高鳴らせているのが精いっぱいだった。

瑞穂は、同じ中学から進学してきた友人の紗月に、大輔を好きだということを打ち明けた。

紗月は、瑞穂から見ても「かわいい」女の子だ。男子にも積極的に話しかけるタイプなので、「気さくだ」「話しやすい」と人気がある。一方で、これは嫉妬の現れなのか、「男子にコビてる」などと言う女子も多い。

瑞穂としては、一度も、紗月をそんなふうに思ったことはなかった。実際に接してみるとわかるが、紗月は明るく、さっぱりした女の子で、「コビを売る」ようなタイプではないのだ。

だから、何かで悩んで相談すれば、紗月は自分の考えを聞かせてくれる。相手の顔色をうかがうということをしないぶん、紗月の言葉は「真剣に自分のことを思って言ってくれているんだな」と感じられて、素直に胸に入ってくるのだ。

それに、瑞穂の友人のなかでは、恋愛経験が一番豊富だ。大輔のことだって、相談すれば、またいいアドバイスをくれるかもしれない、と瑞穂は思った。

「そんなの、好きですって言うしかないじゃん」

瑞穂が自分の気持ちを話すと、紗月は、ためらいもなくそう言った。

「『恋愛は駆け引き』とかって言うけど、それって、経験値の高い人がやってこそ、成功率が上がるものだと思うんだよね。初心者がいきなり応用問題を解こうったってムリに決まってるんだから、まずは、ストレートに告白するしかないじゃない」

恋愛経験が豊富で、大学生の彼氏までいる紗月が言うのだから、そうなのかもしれない。瑞穂は友人の言葉を真摯に受けとめた。そして、どうしようかと2週間ほどかけてじっくり考えたあと、紗月の言うようにストレートに想いを伝えることにしたのである。

瑞穂は、部活の練習を終えた大輔が更衣室から出てくるのを待っていた。しばらくして、制服に着替えた大輔が、まだ暑そうにシャツの胸もとをパタパタさせながら瑞穂の前に現れた。身長は、中学のときよりも10センチ以上伸びていて、たぶん１８０センチを超えている。半袖からのぞく腕にも、あのころより筋肉がムダなくついているのが、瑞穂の目から見てもわかった。さっぱり切られた前髪は、まだいくらか汗で額に張りついている。高校3年生になって受験をひかえた今も、バスケに対する姿勢は変わらないらしい。大学でも続けてほしいな、と瑞穂が思っていると、目の前を大輔が通り過ぎそうになった。

「はっ、早見先輩！」

瑞穂のあわてた声に気づいた大輔が瑞穂のほうに顔を向け、かすかに首をかたむけた。そんな何気ないしぐさにも、瑞穂の胸はキュンとしてしまう。鼓動がどんどん速くなっていくのを感じた瑞穂は、心臓が暴走を始める前に、大輔に話しかけた。

「せっ、先輩に……ちょっと、お話ししたいことが、あるんですけど……！」

「え……うん、いいけど」

答えた大輔が、ちらりと一瞬、目をよそに向ける。

もしかしたら、心の中をぜんぶ見すかされているんじゃ……。そう思うと、顔から火が出そうになる。けど、ここで引いちゃったら意味がない。瑞穂は、通学カバンを握る手にギュッと力をこめた。

言え。言うんだ、わたし。ここまできたんだから、ちゃんと気持ちを伝えるんだ。

「あ、あの……わたし、じつは中学のころから、早見先輩のことが、気に、なってて……」

「え……」

尻すぼみになった瑞穂の言葉に、大輔が目を丸くした。もう最後まで言うしかない。

「わたし、早見先輩のことが、好きです。だから……よかったら、わたしと付き合ってください！」

言ったあとは、大輔の顔を見ることができなかった。瑞穂は、ただただ目を伏せて、爆発しそうなほどに響いている自分の鼓動を聞いていた。

「ありがとう」

聞こえてきた大輔の静かな声に、ドクッとまたひとつ鼓動が跳ねる。おそるおそる顔を上げると、ひかえめに笑う大輔と目が合った。

ああ、きっと今の自分は顔が真っ赤だ。そう思うと恥ずかしいのに、今度は大輔の顔から目をそらすことができない。少しだけ目尻を下げて笑うこの顔も、中学のころから、ずっと瑞穂は見てきた。

「嬉しいよ。でも……返事は、ちょっと待ってもらえないかな」

「え……」

「少し、考えさせてほしいんだ。あっ、俺、今年、受験生だし……」

そのあと、自分がどう返答したのか、瑞穂は覚えていない。気づいたときには、駆け足で遠ざかってゆく大輔の背中を、ただ呆然と見送っていた。

思いきって告白したが、ＯＫの返事はもらえなかった。でも、フラれたわけではない。「少し考えさせてほしい」ということは、可能性はゼロではないということだ。

極度の緊張が過ぎ去った解放感と、フラれなかったという安心感。それから、返事を保留にされたことへの新たな期待と不安とで、わけがわからなくなりそうになりながら、瑞穂は家路についた。

大輔から「話がある」と声をかけられたのは、それからちょうど１週間後だった。今日は、大輔のほうがどこか視線が落ち着かない様子だ。１週間前とまるで立場が逆転していることが、おかしい。こんなことになるなんて、瑞穂には予想できなかった。

「この前は、ありがとう。嬉しかったよ。それで、１週間じっくり考えたんだけど……」

どういう言葉が続くのか。瑞穂は静かに、そのときを待った。

「俺も、きみのこと、もっと知りたいなって思った。だから、なんていうか……この前、言ってくれたこと、ＯＫだよ」

瑞穂は、決めていた。大輔から、もしもそう言われたときに、どう返事をするのかを。

すうっと息を吸いこんで、用意していた言葉を、ゆっくり伝える。

「ごめんなさい。お断りします」

大輔は、何を言われたのか理解できなかったらしい。豆鉄砲を食らったハトよりも、目をまん丸にした。

「……え？」

信じられない、と言いたげな様子で聞き返してきた大輔に、今度は満面の笑顔で、キッパリと告げる。

「この間の告白、なかったことにしてください」

＊

「なんで断っちゃったの!?　みっちゃん、あんなに早見先輩のこと好きだったじゃない」

すっとんきょうな声を上げたのは、話を聞いていた紗月だ。それを詩都花が「落ち着きなさいよ」となだめる。そんな2人を見ていた瑞穂は、ささやかな苦笑を浮かべた。

「好きだったけど、冷めちゃった。早見先輩、わたしが思ってたような人じゃなかったの」

「何かあったの？」

エミの問いかけに、瑞穂は少し考えるそぶりを見せたが、やがて決意が固まったらしく、体を前にかたむけた。そんな瑞穂を見た紗月と詩都花とエミも、無意識のうちに身を乗り出す。

屋上にできた少女たちの秘密の輪が、少し小さくなった。

「わたし、紗月以外にも、女子バスケ部に友だちがいるんだけど、じつは、その子からたまたま聞いちゃったの」

「何を？」

「早見先輩が、女子バスケ部の1年に告白してフラれたっていう話」

「えっ、どういうこと⁉」

声を上げたのは、またしても紗月だ。のけぞった紗月の腕をつかんで引き戻した詩都花が、輪の中心に向かって再び声をひそめる。

「それって、瑞穂が早見先輩に告白する前？　あと？」

「告白した、あと。前だったら気にしないんだけど、あとだったからね。それに……」

「それに？」

「……告白してフラれた相手、1人だけじゃないんだって」

「えっ⁉」

瑞穂の言葉に、紗月と詩都花の声がぴったり重なった。

「もう1人、名前は言えないけど、女子バスケ部の2年生と、美術部の部長をやってる3年の先輩にも告白してフラれたって……」

「なにそれ……」

「早見ぃ！　バスケ部の先輩だけど、みっちゃんに何してくれてんだ！」

「え、え、どういうこと？」

どうやら、自分だけ状況を把握できていないらしいと悟ったエミが、不安げにほかの３人の顔をキョロキョロと見回す。詩都花は、「エミのこういう動きも小動物っぽいんだよね」などという場違いな考えはおくびにも出さず、「つまり、こういうことね」と解説口調で話し始めた。

「瑞穂に告白された早見先輩は、瑞穂への返事を保留にしておいて、別の女の子たちに告白したの。きっと、その１年のバスケ部員が早見先輩の本命で、その子にフラれたから、第２候補、第３候補に、次々と告白していったんじゃないかしら」

「つまり、早見は、みっちゃんを『キープ』して、この際だからって、自分が気になってる女子に告白したのよ。だけど全員にフラれたから、みっちゃんの告白をＯＫしたっていうわけ。３人のうちの誰かがＯＫしてたら、みっちゃんには、『ほかに好きな子がいるから、やっぱりきみとは付き合えない』とでも言って、断るつもりだったんでしょ」

「なにそれ、ひっどーい！」

ようやく状況を理解したエミが、小さな拳を握りしめて頬をふくらませる。まったくだ、と言わんばかりに、紗月は腕を組んだ。

「ほんと、サイテー。いくら見た目がカッコよくて、スポーツ万能でも、その考え方、ぜんっぜんイケメンじゃない」

「紗月の言うとおりだわ。最初からだましてくるなんて、あり得ない。瑞穂には、もっと誠実で、まっすぐ向き合ってくれる人が似合うと思うよ」

それぞれに憤る3人を前に、瑞穂の表情は先ほどよりもスッキリしていた。

「それでね、早見先輩のしたことを聞いたら、もう気持ちが冷めちゃって。だから、わたしから告白しておいてあれだけど、断ったの」

「早見に、ビシッと言ってやった？」

眉をつり上げてそう尋ねたのは、今度も紗月だ。紗月の剣幕にタジタジになることもなく、瑞穂は今日一番の笑顔で「うん」とうなずいた。それから、ふいに真顔になる。冷たささえ感じさせるこの表情こそが、早見大輔に見せた表情なのだろう。

「『恋愛は受験じゃないんだから、第２希望も第３希望も、すべりどめもないよ！』って、言ってやった」

紗月が、ぱちくり、と音が聞こえてきそうなまばたきをした。しばらくして、ふっとその唇がゆるみ、笑い声がもれてくる。

「いいね、みっちゃん！　『恋愛にすべりどめはない』って、名言だよ！」

紗月の言葉を聞いた瑞穂の顔に、微笑みが戻った。

「わたし、ほんとは、自分のしたことが間違いだったんじゃないかって、ずっと不安だったの。好きだった人と付き合うチャンスだったし、先輩、二股をかけたわけでもないし……。だから、フッちゃってよかったのかなって、ずっと考えてたの。でも、紗月たちに話して、やっぱり自分のしたことは間違ってなかったって思えた」

「当たり前だよ！　そんなことするヤツ、みっちゃんと付き合う資格なんてないんだから！」

両手を握りしめて言う紗月に、瑞穂は「ありがとう」と、ようやく心からの笑顔を向けた。

「聞いてもらって、よかったよ。自分の決心に自信がもてた」

そこに、「はぁ……」と、ひどく重たいため息が聞こえた。

「こういうズルいこと平気でするから、男の子ってほんとヤダ……」

落胆するような口調でつぶやいたエミの肩が下がる。それを軽く叩いて元気づけるのは、いつも詩都花の役目なのだった。

笑顔の保険

食べ終わった弁当箱を片づけながら、エミは何度目かのため息をついた。

「男の子って、どうしてズルいことばっかするのかなぁ。やっぱり、何を考えてるのか、いつまで経ってもわからないよ……」

「相変わらずだねぇ、モリエミの男子ニガテ症候群は」

快活に笑いながら、紗月が小柄なエミの頭を、ぽんぽんと軽く叩く。

エミは、紗月に頭を触られるのが嫌いではない。むしろ安心感さえ覚えながら、エミは上目づかいで紗月を見た。

「紗月ちゃん、ほんとすごいよね。彼氏もいるし、男の子の友だちもたくさんいるし。あたしは、話すのもニガテだよ」

「まぁ、ズルい男子ばっかりじゃないからね。話してて楽しいことも、たくさんあるよ？」

そう言って、紗月は牛乳パックのストローをくわえた。エミは理解できないと言わんばかりに首を横に振るばかり。そんなやり取りを聞いて笑ったのは、瑞穂だった。

「わたしも、しばらく恋愛はいいかな」

その笑顔は、苦笑いか、あるいは自嘲の笑顔だったのかもしれない。それに気づいた紗月がストローから口を離して、ため息をつく。

「もー、みっちゃんまで。恋愛でできた傷を癒すには、新しい恋愛をするしかないんだよ？」

「みんながみんな紗月みたいに、切り替え早いわけじゃないんだから……。あ、ほら、もう昼休み、終わりよ。教室に戻りましょ」

「はーい……」と気の抜けた返事をした紗月が、詩都花に続いて立ち上がる。

「そんなにネガティブになることないのになぁ」

そうつぶやきながら、紗月が、屋上から校舎内に戻るドアに向かって歩き始めたときだった。

「宮野」

うしろから名前を呼ばれて、紗月は振り返った。そこに立っていたのは、紗月のクラスメイトの男子生徒だ。

「立川、どうしたの？」

男子を苗字で呼び捨てにして、紗月が尋ねる。立川と呼ばれた男子生徒は、視線を向ける先を何度か迷ったあと、決意したように紗月の顔をまっすぐに見つめた。

「その……べつに、聞くつもりなかったんだけど、さっき話してるの、たまたま聞こえちゃって……。あのさ……」

モゴモゴと口ごもる立川に、「なに？」と紗月が首をかしげて、続きをうながす。

「宮野、彼氏できたの？」

「へ？」

立川からの意外な質問に、紗月は、手に持っていた牛乳のパックを落とすところだった。

一方、紗月と立川の様子に気づいた詩都花、エミ、瑞穂の3人は、これから何が起ころうとしているのかを、少し距離をおいたところから懸命に探ろうとしていた。もうすぐ鳴るはずの予鈴のことなんて、とっくに頭から消えている。

「あぁ、うん……まぁ、できたけど」

紗月も、そう答えながら、立川が何を言おうとしているのか探っていた。

立川とは、さほど仲がいいわけではない。クラスが一緒なので、学校外でも会えば挨拶くらいはするし軽く言葉も交わすが、あくまで「クラスメイトとして」であって、それ以上でもそれ以下でもない。

「そうなんだ……。だれ？　この学校の生徒？」

「ううん、違うけど」

立川の顔には笑みが浮かんでいるものの、それは、他人が選んだ服を無理やり着せられたかのような、どこか不自然で板についていない笑みだった。

そのぎこちない笑顔のままで、立川が口を開く。

「そうなんだ。でも、彼氏できたんなら、よかったじゃん」

「あぁ、うん……ありがとう」

立川の世話になったわけでも、心配をかけたわけでもないので、「ありがとう」と言うのが正しいのかどうなのか、微妙に判断に迷いながらも紗月が口にした直後——。

「うーん、でも残念だな。俺も、ほんとは宮野のこと好きだったのに」

「……は？」

口パクで、キャーッ！　と叫んでいるのは、紗月と立川の邪魔にならないところで耳をダンボにしていた、詩都花とエミと瑞穂の３人である。

今の立川の言葉は、どう考えても紗月への告白だ。３人が見る限り、紗月もポカンとしている。彼女にとってもサプライズであったことは間違いない。

「でも、遅かったんだな。とられちゃったなー、宮野のこと」

そう言って頭のうしろをかきながら、立川が照れくさそうに笑う。それはまるで、何かをごまかそうとしているような笑顔だった。

すべてを見ていた詩都花たち３人は、互いの手をとり、言葉なく、興奮を伝えあっていた。

紗月が立川にどう答えるのか、ソワソワしながら見守る。

　ごめんね。

　付き合ってる人がいるから、立川の気持ちには応えられない。

　でも、好きになってくれてありがとう。

　これからも、友だちとして、よろしくね。

いろいろなパターンを頭の中でシミュレーションしていた３人の前で、紗月がついに口を開いた。

「あのさ——立川の今後のために言うけど、そういう告白はやめたほうがいいよ」

紗月が何を言わんとしているのか、詩都花もエミも瑞穂も、そして当の立川も、理解できずに硬直する。

「……え？　どういうこと？」

紗月は、デキの悪い生徒にイラ立つ教師のように、ゆっくりと、強い口調で言った。

「そういう、自分を守るような、保険をかけた告白はカッコ悪いから、やめたほうがいいってこと」

そうして立川に向けられた視線は、周囲を凍りつかせるほどに冷えきっていた。

「自分がフラれるのは自分に魅力がないからじゃなくて、たまたま相手に彼氏がいたからっていうことにしたいんでしょ？　フラれて傷つくのが怖いから、フラれて当たり前なんだっていう予防線を張ってるだけ。それでいて、その彼氏と別れても自分がいるよって、アピールしておきたいのよね。『彼氏ができて、よかったじゃん』なんて、ぜんぜん思ってないじゃない。そんなふうに保険をかけて告ってくるような男子にはキョーミないから、わたし」

固まっていた立川の顔が、ピクリと引きつった。それでも何か言い返そうというプライドがあったのか、口をモゴモゴさせるものの、何ひとつ、まともな言葉にならない。

結局、叱られた子犬のような顔になって、立川は紗月から目をそらした。両方の拳を体の横で握りしめたまま、歩幅だけは大きく、詩都花たちのほうに向かってくる。

あわてて場所を空けた3人に、もしかしたら立川は気づいていなかったのかもしれない。あるいは、無様な姿を他人に見られたなんてことは耐え難い屈辱だろうから、詩都花たちに気づかないフリをすることで、誰にも見られていないことにしたかったのかもしれない。

「返り討ち」にされたに等しい立川から、返り討ちにした張本人である紗月に、詩都花たちはそーっと視線をスライドさせる。腰に手をそえて悠々と立つ紗月の姿は、一対一の決闘に勝利したサムライを思わせた。

「あれも、ある意味、『ズルい男』ね」

せいせいした表情で言い放つ紗月に、エミがおずおずとつぶやく。

「さすが紗月ちゃんだけど……でも、あそこまで言う必要もなかったんじゃ……」

「だって、ハッキリ言わないと、立川みたいな男には伝わらないもん。立川自身、自分のズルさに気づいてなかったと思う。だから、気づいてほしかったの。立川が見込みのある男なら、これで『ズルい男』を卒業できるはずよ」

紗月が言い終えた直後、予鈴が鳴った。「ほら、戻ろ!」と、何事もなかったかのように率先して校舎に入っていく紗月を、詩都花たちは追いかける。

紗月のこういうストレートなところが、ときに敵を作ってしまう原因になるんだろうということは、詩都花もエミもわかっている。それでも、紗月の一言に救われる、瑞穂のような子がいるのも事実だ。紗月のこういった一面が、多くの人に好かれる魅力になっていることは、間違いない。

——私だって、そのうちのひとりだしね。

そう思いながら、詩都花は紗月のあとを追って、階段を下ってゆくのだった。

星座占い

『おしづ！　今日は乙女座が1位だってよ！　おめでと！』

ピロリと通知音がして、詩都花がスマホのトーク画面を開くと、朝からやたらとテンションの高い文面が目に入った。紗月って、ほんといつも元気よね、と詩都花が苦笑している間に、続けて画像とメッセージが届く。

『乙女座のとこ、スクショしといたから見てね！』

紗月がわざわざ送ってきたのは、今、詩都花たちの学校で大流行している星座占いのサイト『ホロスコ！』の、占い結果のスクリーンショットだ。星座ごとの今日の運勢が、毎朝6時に更新される、いたって普通の占いサイトなのだが、「怖いくらい当たる」と、年齢や性別を問わず大評判になっている。

詩都花は占いに興味があるタイプではないが、1位だと言われて悪い気はしない。紗月に「ありがとう」と返信してから、送られてきたスクリーンショットを拡大する。

――以前から疑問に思っていたことが解決。作業もサクサク進みそう。何をしていてもエネルギーにあふれる1日となり、異性があなたの魅力に釘づけになるでしょう。決断は迷わず、ハッキリと。ただし、獅子座の人との相性だけは最悪。距離感には気をつけて。ラッキーアイテムは青いリボン。

占い結果を読み終えた詩都花は、通学カバンに目を向けた。目印につけているプードルのキーホルダーは、首に青いリボンを巻いている。

これも、ラッキーアイテムにカウントされる……わよね?

占いを信じるわけではないが、1位と言われるのは、なんとなく嬉しい。詩都花が思わずクスリと笑うと、「なんかいいことでもあったのか?」と、父親が話しかけてきた。

詩都花が、「ホロスコ!」が学校で流行っているという話をすると、父親は、「自分の星座も占ってくれ」と、えらそうに言う。仕方がないので詩都花はサイトにアクセスし、父親の星座である牡牛座の占い結果を開いて見せた。

「うーん、9位か……。えー、母さん、ちょっと聞いてくれよ。『家族や友人との間にトラブルの兆しあり』だって！　ラッキーカラーは、グレーか……グレーのネクタイに替えようかな……」

　すでに締めてあった紺色のネクタイを、父親がつまんで持ち上げる。星座占いの結果を気にする社長だなんて、お父さんの部下の人たちが知ったら、どう思うんだろう。そんなことを考えながら、詩都花は通学カバンを手にとった。

「じゃあ私、いってきます」

「あ、待って、詩都花。お父さんも出るから」

「いってらっしゃーい。気をつけてねー」

　こうして詩都花は毎朝、会社を経営している父親と一緒に家を出る。見送ってくれる母親は、子どもたちにピアノを教える先生だ。

　今日は、乙女座が1位。ラッキーアイテムも持っている。もしかしたら、何かいいことがあるかもしれない。

　クルマで出勤する父親と家の前で別れたあと、詩都花はいつもより少しだけ機嫌よく、バス停へと歩きだしたのだった。

学校に着いた詩都花が下駄箱を開けると、上履きの上に地味な、白い封筒がのっていた。下駄箱に手紙。この組み合わせにピンとこないほど、鈍感ではない。封筒を手に取り、もう一方の手で上履きを取り出す。そのとき、はらりと何かが詩都花の足もとに落ちた。それを追った視線の先にあったのは、二つ折りにされた紙きれだった。

——ずっと前から好きでした。今日の放課後、体育館裏で待ってます。


昼休み。詩都花、紗月、エミの３人は、２年１組の教室でランチを食べていた。ランチの場所は「日替わり」で、今日は詩都花とエミのクラスだ。そこで詩都花から紙きれを見せられた紗月は、文面を読むなり、愉快そうにニヤッとした。

「相変わらずモテますねぇ、詩都花お嬢様は！」

「やめてよ、紗月……」

「それで？　そっちの封筒は？」

小首をかしげて、今度はエミが尋ねる。一瞬、言葉につまったものの、詩都花は正直に答えた。隠しごとをするつもりはない。

「同じような感じで、『付き合ってください』って書いてあった……。こっちには、ちゃんとクラスと名前も」

「どこの誰？」

「3年2組の、松岡っていう……」

「先輩かー。たしか、美術部の副部長じゃなかった？」

「紗月ちゃん、詳しいね」

「ウチのクラスの女の子が、『美術部の松岡先輩が、わりとカッコイイ』って話してたんだよね。それで、おしづ、どうするの？」

ストレートな問いかけに、詩都花は「えっ」と上半身を引いていた。

「松岡先輩に返事、書くの？　それとも、こっちの紙きれの『名無しクン』に会いに、体育館裏へ行くの？」

「私は、そんなつもりは……」

もごもごと答えた詩都花に、紗月は不満げに「えー」と声をもらした。

「会って話だけでもしてみたら？　おしづ、美人なんだから、もっと自信もちなよ」

「才色兼備って、詩都花ちゃんのことだよねー」

紗月とエミの率直なほめ言葉に、詩都花は無言でうつむいた。

きめ細やかな白い肌や、つやつやと輝く長い髪をほめられたことは何度もあった。２年１組の学級委員長は推薦で決まったし、テストの成績だって毎回、学年上位に入る。

「大和撫子」や「才色兼備」と言われて悪い気はしないが、そのことと、もらったラブレターにどうリアクションするかということは、詩都花の頭の中では、まったく別の問題だ。

「おしづー、いよいよモテ期なんじゃない？」

そんなことを言いながら、紗月がヒジで小づくマネをする。詩都花がそれを無視して、弁当のプチトマトを口へ運んだときだった。

「桜木さーん。お客さん来てるよー」

廊下に近い席に座っているクラスメイトの女子が、詩都花を呼んだ。「お客さん」に心当たりはないまま詩都花が目だけを教室の入り口に向けると、そこにぽつんと立っていた男子生徒と目が合った。あちらも詩都花に気づいたらしく、ぺこりと素早いお辞儀が返ってくる。

四角い黒縁メガネをかけた、中肉中背の男子。シャツのボタンは、きちんと一番上までとめられている。隣のクラスの学級委員長、檜山だ。定期的な学級委員長どうしの集まりで話す程度の仲だが、まったく知らない相手ではない。

檜山は、どこかそわそわして教室の中に入ってこようとしない。不思議に思いながらも詩都花は席を立ち、檜山のもとへ向かった。

「どうしたの、檜山くん。今度の委員会のこと？」

「あぁ、うん……あっ、いや、そうじゃなくて……」

ひどく落ち着きがない様子の檜山に、詩都花は首をかしげた。どうしたのかと顔をのぞきこむと、目が合う前にそらされてしまう。これでは会話にならない。

「なに？　檜山くん」

詩都花がダメ押しで尋ねると、檜山はハッとしたふうに目をみはった。ようやく、詩都花と目が合う。

すると突然、その目に力が入り、口もとも、決意したようにキュッと引き結ばれた。

「ちょっと、こっち来て」

ささやいた檜山がきびすを返す。怪訝に思いながらも、詩都花は続いて廊下に出た。

檜山が、くるりと振り返る。今度は一発で目が合った。

「最初の委員会で会ったときから、桜木さんのことが気になってたんだ。だから、その……よかったら、僕と、付き合ってください！」

まさに不意打ちだった。

檜山とは、委員会のときに、自分のクラスの近況報告をするくらいの関係だ。委員長どうし、雑談のなかで、悩みを話し合うことはあったが、それ以上の関わりはない。

だから、こんな――告白されるなんて。しかも、こんなところで。

力んでしまったのか、檜山の「告白」の声は、それなりに大きかった。昼休みで廊下に人気はなかったとはいえ、教室にいたクラスメイト数人には、聞こえてしまったかもしれない。とくに、聞き耳を立てているであろう紗月とエミには筒抜けだろう。

……これは、けっこう恥ずかしい。

一気に顔が火照ってきたのを、詩都花は自覚する。「ごめんムリ」と、とっさに口走りそうになって、すんでのところで檜山の表情に気づいた。

目をそらしたいのを、必死にこらえているのだろう。唇をかたく結び、上下に目線を揺らしながらも、懸命にこちらを見つめてくる檜山の顔は、真っ赤になっていた。

きっと、極度の緊張と、照れと、思わず大きな声を出してしまったことへの動揺や恥ずかしさ……いろいろな思いが入り混じった表情を前に、詩都花は、即答することができなかった。

「え、っと……」

詩都花のその声にも、ピクリと檜山は肩を震わせた。こんなに臆病に見える男子だっただろうかと、詩都花は場違いにも、少し新鮮さを感じていた。

「その……ちょっと、時間もらってもいい、かな……。考えさせてほしいかな、って……」

「あ、そっか……そうだよね！　うん、わかった。じゃあ、答えが出たら、聞かせて？」

詩都花がうなずくのを見て、檜山は、くしゃっと笑った。それから詩都花に背を向けて、足早に廊下を歩いていく。檜山の背中が見えなくなってから、詩都花は自分の席に戻った。

「――で、どうするのよ？」

やはり、廊下でのやりとりは、紗月とエミに筒抜けだったらしい。

「すごいよ、詩都花ちゃん！　一日に3人から告白されるなんて！」

「ガチのモテ期じゃん！　うらやましー」

「彼氏がいるのにそんなこと言ったら、バチが当たるわよ、紗月」

それが詩都花の照れ隠しなのは、紗月にもエミにも見え見えだった。なので、気にすることなく話を先に進める。

「この際だし、誰かと付き合っちゃいなよ」

好奇心に輝く瞳で言ってくる紗月に、詩都花はあきれて、ため息をついた。

「あのねぇ、他人事だと思って……」

「だけど、モテるのは悪いことじゃないでしょ？」

「それだけ詩都花ちゃんが魅力的ってことだもんねー」

そうほめてくるエミに言葉を返そうとして、はっと詩都花は言葉をのんだ。

――異性があなたの魅力に釘づけになるでしょう。

今朝、紗月から送られてきた「ホロスコ！」の占い結果を思い出す。

まさか、占いが当たったってこと？　よく当たるっていう噂だけど、でも、まさか……。

詩都花は即座に思い直したが、心の中のそわそわは、止まらない。

「とりあえず、放課後に体育館裏、行ってみたら？」

完全に楽しんでいる様子の紗月に、もう、詩都花は何も言い返さなかった。


あり得ない、と詩都花は思った。

午後の授業の合間、詩都花が図書室で本を選んでいると、見覚えのない１年生の男子生徒が近づいてきた。成長を見越して、大きめのものを買ったのだろう。制服のサイズが、ぜんぜん体に合っていない。頬にソバカスのある、幼さすら感じさせるその男子生徒は、長い袖を握りしめ、緊張した面持ちでこう言った。

「桜木先輩、ボクじゃ、ダメですか？」

考えてみてくれませんか？　と、子犬のような潤んだ目で「お願い」されて、無下に断ることもできず、詩都花は教室に戻った。

追い打ちをかけられたのは、帰りのホームルームが終わった直後である。詩都花は教室を出たところで、高校生にしては体格のいい男子生徒に正面からぶつかりそうになった。詩都花が謝ろうとすると、それより先に、男子生徒が「好きだ！」と声を張り上げたのだった。

これにはさすがに周囲もギョッとした様子で視線を向けてきた。そこに茶化す気配がまじってきたところで、詩都花は音を上げた。男子生徒に何も返事をしないまま、エントランスへと駆け出してしまったのである。

「まぁ、あれはビックリするよねー」

「あたしだったら、絶対にムリ！」

下駄箱のところで追いついてきた紗月とエミも、さすがに困惑の表情になる。エミは詩都花に対して、完全に同情のまなざしを注いでいたが、一方の紗月は、この状況をおもしろがる気持ちのほうが勝っているようだった。

「で、放課後になったわけですが、体育館裏の『名無しクン』は、どうするおつもりですか？詩都花サン」

インタビュアーのつもりなのか、紗月は詩都花にマイクを向けるジェスチャーをして、ニヤリと笑みを浮かべる。その含み笑いだけは、意地の悪いインタビュアーそのもののように詩都花には見えた。

「どうするも何も、なんなのこれ。男子みんなで、私をからかってるのかしら……」

「そんなわけないよ。今日の『ホロスコ！』でも、おしづの乙女座の運勢、超ラッキーだったじゃん。そんなことより、体育館裏！　どんな相手か見に行こうよ！」

「紗月ちゃんが、見たいのね」

核心をつくエミの一言にも、紗月は動じない。もはや開き直っているようにも見える。紗月は下駄箱から靴を取り出すこともせず、相変わらずニヤニヤしながら、冗談なのか本気なのかわからないことを言う。

「おしづが行かないなら、わたしが行ってこようかなぁ」

「ちょっと……悪趣味よ、紗月」

「そうだよー。ルールにも反するんじゃない？『過干渉は禁止』だよ」

そう、エミの言うとおり。

内心でエミに拍手を送りたくなった詩都花だが、紗月から返ってきた反応は「えー？」という適当なもので、せっかくのエミの援護も「のれんに腕押し」で終わってしまった。

これはいよいよ本腰をすえて説得しないとだめか、と詩都花が紗月に向き直ったときである。

「おまえ、これから体育館裏行くんだろ?」

唐突に聞こえてきた声に詩都花は立ち止まった。自分に向けられた声だと思ったのだ。

「だから行かな――」

途中まで声に出してから、違和感に気づいた。たった今どこからか聞こえてきたのは、男の声だった。手紙のことは紗月とエミにしか話していないので、ほかの人に知られているはずがない。詩都花がそう思ったところで、会話だけが続けて聞こえてくる。

「しかも、相手は桜木さん!」

「マジで、思いきったよなぁ……」

周囲に人影は見えないし、話の流れからも、やはり自分に向けられた言葉ではない。

確信した詩都花が落ち着いて様子をうかがうと、その会話は下駄箱のむこうで繰り広げられているようだった。

「あの桜木さんに告白なんて、マジで度胸あるわー。まさに、高嶺の花なのに」

「しかも下駄箱に手紙って、どんだけベタなんだよ、おまえ」

「いいだろ、べつにっ! いきなり面と向かって言うなんて、無理だし……」

どうやら、最後の声の主が、詩都花の下駄箱に二つ折りのメッセージを届けてきた人物らしい。紗月とエミも状況を理解したらしく、詩都花の両わきで下駄箱にぴったりくっつき、耳をすませていた。

顔の見えない「体育館裏の名無しクン」が、下駄箱の反対側でモゴモゴと言う。

「手紙を入れるのだって、メチャクチャ緊張したんだから……。入試のときだって、こんなに緊張しなかったよ……」

「そんなんで、ホントに今から告れるのかぁ？」

「名無しクン」の隣にいるのであろう友人が、からかうように言葉をはさむ。それに対する「名無しクン」の声に、初めて、わずかな力がこもった。

「ちゃんと言うよ。今日を逃したら、おれ、もう二度とこんな勇気出せない気がする」

「……って、なんで今日だけ勇気出せんの？」

尋ねられて、「名無しクン」が「じつはさ……」と声をひそめる。それでも、下駄箱をはさんだだけのところにいる詩都花たちには、その声がはっきりと聞こえた。

「『ホロスコ！』の今日の運勢に書いてあったんだ。おれ、獅子座なんだけど、今日の獅子座は恋愛運が、この10年で最高にいいんだって。『告白するなら今日以外にナシ！』って書いてあったから……だから、勇気を出すことにしたんだ」

「『ホロスコ！』で？」

「そっか、それなら、ぜってーイケるよ！」

そう言って、「名無しクン」と友人たちが明るく笑い合う。

――当然、詩都花は笑わなかった。というより、まったく笑えなかった。

「ふーん、『ホロスコ！』で獅子座って、そんな運勢だったんだ」

「まぁ、占いは気分を盛り上げるためのものだから。それがいいキッカケになるなら、べつに間違ってはないと思うよ」

紗月とエミの感想など聞くそぶりも見せず、詩都花は下駄箱に手を伸ばす。取り出した靴(くつ)を履き、上履きをしまった詩都花は、大きなため息をついた。

「体育館裏に行ってくる」

おおっ、と声を上げた紗月たちが、二言目(ふたことめ)をはさむ前に言う。

「断ってくる」

「ちょっと、なんで最初から断る前提なの？　会ってから決めればいいじゃん」

紗月だったら、そうするのだろう。しかし、詩都花のなかには明確に、断る理由があった。

「私、乙女座なの知ってるよね？」

詩都花の唐突な質問に、紗月とエミがきょとんと目を丸くする。詩都花はかまわずに淡々と続けた。

「『ホロスコ！』で、今日の乙女座の運勢は最高によかったけど、『獅子座の人との相性だけは最悪』ってなってたの。たぶん、獅子座のほうにも同じことが書いてあると思う。『乙女座との相性は最悪』ってね。今日、私に告白してきた男子たち、たぶん、全員、獅子座なんだと思う。きっと、『恋愛運が最高』っていうのに、背中を押されたのね。でも、『ホロスコ！』で、自分の星座だけしか見ていないんだわ。私、ＳＮＳに自分の誕生日は公開してるから、私が乙女座ってことは、調べればすぐにわかるはずなの。それなのに、自分の運勢だけを見て舞い上がって、突っ走って告白してくる人なんて、私に興味があるんじゃなくて、自分本位ってことだと思わない？　そういう人とは、うまくいきっこないわ」

占いを信じるも信じないも自由だ。そこをとやかく言うつもりは詩都花にだってないし、エミが言っていたように、占いに背中を押されて勇気を出すのも、悪いことではないと思う。

しかし、それでまわりが見えなくなってしまったのでは、本末転倒だ。いくら獅子座でも、それでは、ナマケモノの百獣の王。とても告白を受け入れる気にはなれない。

「それじゃあ、断ってくる」

そう言って、険しい表情でエントランスを出ていく詩都花を、紗月もエミも追わなかった。いや、追えなかった。自分が好きでもない相手から告白されることは、詩都花にとっては嬉しいどころか、重荷なのかもしれないということに、今さら思い至ったのだ。実際、詩都花は、たくさんの人から告白されたことを手放しで喜ぶタイプではないのだから。

そんな詩都花のことだから、「体育館裏の名無しクン」だけでなく、手紙をくれた美術部の松岡先輩や、図書室で告白してきた1年生、出会い頭に「好きだ!」と声を張り上げた大柄な男子――獅子座の男子たちに、キッパリと断って回るんだろう。そして、詩都花はますます「高嶺の花」と噂され、男子にとって近寄りがたい人になってしまうのかもしれない。

それでも、「占い」のようなフワフワしたものに流されない。それこそが詩都花だ――紗月とエミは、そう思った。

恋愛の達人

日直の仕事を終えたエミが、机に伏せてぐったりしていると、詩都花が話しかけてきた。

「今回も疲れきってるわね」

「なんで日直って、男子とペアなんだろ……」

なかば泣きつくように、エミは詩都花の腕をつかむ。よしよし、とエミの頭をなでながら、詩都花は苦笑いを浮かべた。

「その、男子ニガテ症候群、そろそろ克服しないといけないんじゃない？」

「でも、男子って、何考えてるのかわかんないから、克服もできないよ」

男子との接し方がわからないのは、小学生のころから変わらない。エミからしてみれば、男子と物怖じせずに話せる紗月のほうが信じられない。男子との会話で盛り上がれた経験は、エミにはない。

男子と少しでも話せるようになれればいいなと、本当は思っている。「男子がニガテ」だからといって「男子を好きにならない」わけではない。

じつは、エミにも、男子を好きになった経験がある。4年前——紗月と詩都花とは、まだ出会ったばかりのころのことなので、これは2人にもしていない話だ。

＊

それは、エミにとって完全に想定外の事態だった。

男の子がニガテで、友人としての付き合い方すらわからないエミは、自分が男子を好きになるなんて、思ってもいなかった。なのに、中学校に上がったその年、エミは同じクラスの男子に恋をしたのだ。

キッカケは、些細なことだった。

中学生になって初めての定期テストの日。ぬかりなくテスト範囲を勉強してきたエミは、意気揚々と1時間目の英語のテストに臨んだ。

勉強したかいがあって、どの問題にもつまずくことなく、すらすら解き進められた。しかし、全問を解き終わって、エミは愕然とした。

――え？　解答欄が余ってる⁉

問題用紙とは別に作られた解答用紙の答えを書きこむマスが、最後になって、ひとつ余ったのだ。確認すると、理由はすぐにわかった。穴埋め問題の中の問いをひとつ飛ばして解答してしまったせいで、途中から、記入する解答欄がひとつずつ前にズレてしまったのだ。

小学校のときは問題のすぐ横に答えを記入するところがあったから、こんなことは起こるはずもなかった。問題用紙と解答用紙が別々だからこそ起きてしまったミスである。

早く消して、書き直さなきゃ。

そう思ったエミは、再び愕然とした。消しゴムが、どこにも見当たらないのである。

ウソ、なんで？　昨夜、家でテスト勉強してたときに使ったあと、ペンケースに入れ忘れた？ここまで消しゴムを使うことがなかったから、ぜんぜん気づかなかった……。

そんなまさか、と思ってペンケースの中身をぜんぶ机に出してみるが、消しゴムだけが出てこない。エミはパニックになった。

どうしようどうしようどうしようどうしようこのまま答えを直せなかったら……。

頭の中が真っ白になったとき、ふいに、横から手が伸びてきた。その手が、エミの机に使いかけの消しゴムを置く。

助かった、とエミは思った。そのあとは、答えを書き直すのに必死だった。だから、それが自分の消しゴムではないことに気づいたのは、テストが終わったあとだ。

エミの窮地を救ってくれた人物——それが、エミの右隣の席に座っていた三崎大翔だった。

「間に合った？　横から見てたら、何かを探して焦ってるみたいだったから、消しゴムかなって思ったんだけど」

英語のテストが終わって、エミが安堵のため息をついていると、大翔のほうから話しかけてきた。お礼を言わなきゃ、と思っていたエミだったが、自分から話しかけるのには勇気がいる。だから、大翔から声をかけてくれたのは、ありがたかった。

借りた消しゴムを大翔に返しながら、エミはできる限り声を絞り出した。

「あ、ありがとう……本当に、助かった……」

「そ？　よかった」

そう言って大翔はにっこり笑うと、エミが思ってもみなかった行動に出た。受け取った消しゴムをハサミで2つに切り、1つをエミに手渡したのだ。

唖然とするエミに、大翔は、きょとんとしたまなざしを向ける。

「だって、今日は、まだ2科目テストあるだろ？ いるでしょ、消しゴム。半分やるよ」

「えっ？ じゃあ、さっき三崎くん、あたしに貸してくれたあと、消しゴムなしでテスト受けてたの？」

「まぁね。オレ、消しゴムなんかなくても大丈夫だから。ホラ、そもそも問題の意味がわかんなくて答えが書けないから、消す必要もないんだ」

そう言って大翔は、なぜか得意げに笑った。その顔を見た瞬間、エミは、いつも男子を相手に感じる緊張とは少し違った胸の苦しさを覚えたのだ。


あたし、三崎くんのこと、好きになっちゃった……。

認めてしまうと、またギュッとエミの胸は切なく締まった。好き、ということはわかった。

けれど、このあとどうすればいいのか、わからない。

いろいろ話をしてみたい。好きなテレビとか、好きな食べ物とか、好きなスポーツとか、なんでもいいから三崎くんのことを知りたい。男の子のことをそんなふうに思うのは初めてで、とまどいながらもエミはこれが恋であることを強く自覚した。

そうだ。自分よりも経験豊富な誰かに相談しよう。

紗月や詩都花という新しい友だちはできたけれど、友だちになってまだ間もないし、こういうことを知られるのは恥ずかしい気もする。

両親は気さくに話せる仲だが、こういうことを相談するのは絶対に違う。きょうだいは、2つ上に兄と、3つ下に妹がいるが、妹は小学生だから論外だし、兄にはからかわれるだけな気がして、即座にエミの選択肢から消えた。

どうしよう……と悩みながら帰宅したエミは、家族5人で暮らしている賃貸マンションの玄関に、家族の誰のものでもないオシャレなサンダルが脱ぎそろえられているのを見て、ひらめいた。

「やっほー、エミちゃん！　元気だったー？」

リビングに入ると、エミの母親とお茶を飲みながら談笑していたそのお客が、振り返って手を振ってきた。

——適任がいた！

「佐奈ちゃーん！」

その日、たまたま遊びにきていた従姉の佐奈に、エミは抱きついた。

佐奈は、エミの母親の姉の娘で、エミからすると６つ年上の大学１年生だ。大学生になって一人暮らしを始めた佐奈は、しょっちゅうエミの家を訪ねてくる。

「大学って、人生の夏休みだから、いっぱい時間があるんだよねー」

この日も、遊びにきた佐奈は、あっけらかんと言い放った。大学生になってまだ数ヵ月なのに、佐奈は一気に大人になったように見える。よりいっそう、「佐奈ちゃんなら、いいアドバイスをくれるかもしれない」という期待が高まったエミは、すがるような思いで自分の悩みを打ち明けた。

「なるほど、恋のお悩みか……。そりゃそうだよねー、エミちんも、もう中学生だもんねー。

恋バナのひとつやふたつやみっつやよっつ――」

「からかわないでってば！　あたし、男の子と付き合ったことなんて一度もないんだから！『恋愛の達人』の佐奈ちゃんとは違うんだから！」

佐奈は昔から恋愛体質で、幼いエミを相手に、よく自分の好きな男子のことや、その相手にどうアプローチするのかを、得意げに話して聞かせていた。だからこそ、そんな「恋愛の達人」である佐奈に相談すれば、大翔と仲よくなる方法を教えてもらえるのではないか、とエミは考えたのである。

「そうねー。まず言えるのは、恋愛は待ってたら負けってこと。ぼーっとしてる間に好きな人を誰かにとられちゃうことだってあるんだから、自分からアピールしていかないと」

いきなりレベルの高いことを言われて、エミはくらりとめまいを覚えた。自分から男子に話しかけるなんて、エミがもっともニガテとすることである。それができるくらいなら、相談なんかしていない。なんとも思っていない男の子に話しかけることさえニガテなのに、それが、初めて恋心を抱いた大翔なら、なおさらムリだ。

しかし、浮かない表情をしているエミに気づかないのか、佐奈は我が物顔でエミのベッドを占領すると脚を組み、アゴに手をあてて得意げに解説を始めた。

「とりあえず、デートに誘ってみればいいんだよ。OKしてくれたら脈アリ。で、いい雰囲気になったところで告白。いい？　告白してからデートに誘うんじゃなくて、デートしてから告白するの。それも、あくまでライトな感じで」

「待って待って！　そんな、いきなりデートに誘うなんてムリだよ！」

「じゃあどうしたいの？」

それがわからないから相談しているのである。この意識の違いが「恋愛の達人」との差なのか……と、やや暗い気持ちになりながら、エミはボソボソと話した。

「まずは、ふつうにおしゃべりできればいいな、って……」

エミの希望に、佐奈は不意をつかれたように目を丸くした。そんなこと？　と言いたげな視線に、エミはしおしおと小さくなる。それでも、佐奈は笑ったりはしなかった。

「だったら、とりあえず『さしすせそ』は押さえとけば？」

「『さしすせそ』？　それって、砂糖と塩と――」

「ああ、違う違う！　そっか、エミちん、お料理好きだもんね。でも、そっちの『さしすせそ』

じゃなくて、男の子をオトす『さしすせそ』
　脚を組み替え、佐奈がイタズラっぽい笑みを浮かべる。
「『さすがだね！』『しらなかったー』『すごいね！』『センスある！』『そうなんだー』。この5つを会話に織りまぜて、男の子を持ち上げるの。ほめられて嬉しくない男子はいない！」
　人差し指から順番に5本の指がすべて立ったところで、その手を今度はグッと握りしめ、佐奈は瞳を輝かせた。エミにはそれが、百戦錬磨を経てきた「恋愛の達人」ならではの輝きに見えた。

　佐奈の恋愛指導は、細かく具体的なものだった。

　ハラハラする状況で感じた胸のドキドキを、そのとき一緒にいた異性に対する恋のドキドキとカン違いする「吊り橋効果」や、相手の行動をそれとなくマネすることで、親近感や好感を抱きやすくする「ミラーリング効果」といった、心理テク。

　会話は少しフランクなくらいがよくて、不意に名前呼びを入れるのも効果的。「あなただから言うけど……」「こんなこと話すの、あなただけだからね」という秘密の共有が距離を縮めるといった、会話テク。

右手で左の髪をかき上げたり脚を組むなど、手足を交差させたり体をひねることで女性的に見えるという「クロスの法則」をはじめとした、モテしぐさ。

エミは「達人」の理論を、短期間で頭につめこんでいった。


「森、単語テスト、何点だった？　オレ、今回、がんばって勉強したら、80点とれたよ」

休み時間、大翔がペンでエミの腕をつついて、そう話しかけてきた。大翔はエミの隣の席に座っているので、会話のチャンスはいくらでもある。しかも、消しゴムの一件以降、こうやって大翔のほうからエミに話しかけてくれることが増えた。エミにとって渡りに舟の状況だ。

ただ、佐奈から授けられた「武器」を使いこなすのは、至難の業だった。

「へ、へぇー、そうなんだ……すごい、知らなかった……。センスあるね、三崎くん」

大翔との会話になんとか「さしすせそ」を盛りこんでみようとしても、不自然で自分らしくないような気がする。「ミラーリング効果」や「クロスの法則」も取り入れてみたが、緊張のせいで動きがぎこちなくなってしまい、「どうしたの？　大丈夫？」と聞き返される始末だ。

これでは、大翔と親しくなるどころではない。もしかして「ヘンなヤツ」と認識されているのでは……と思った瞬間、エミは猛烈な不安に襲われた。

「ぜんぜんうまくいかないよぉ、佐奈ちゃーん！」

最初に相談してから、ほぼ一ヵ月。今度は、「一人暮らしだと栄養失調になっちゃう」と言って、ちゃっかり夕食時にやってきた佐奈に、エミは泣きついた。しかし佐奈は「あ、そう？」と、けろっとした様子で、食後のフルーツを頬張っている。

「わたしが言ったこと、試してくれてるんだ。ほんと素直でいい子だなぁ、エミちゃんは」

悪びれる様子も心配する雰囲気もない佐奈に、エミは、もしかしてからかわれた？　と、小さな怒りを覚えた。

「ひどい、佐奈ちゃん！　あたし、本当に悩んで、本当にがんばってるのに！　佐奈ちゃんが教えてくれたことって、本当に正しいの？　本当に佐奈ちゃん、『恋愛の達人』なの？」

「『恋愛の達人』って自分で名乗った覚えはないけど、少なくとも、エミちゃんよりはずっと経験豊富だよ」

得意げな様子で、おいしそうに紅茶を飲む佐奈に、ますますエミのイラ立ちが募る。

「だったら佐奈ちゃんは、これまでにどれくらいの男の人と付き合ったことあるの⁉」

泣きそうな表情で、エミは佐奈に詰め寄った。

佐奈が紅茶のカップを、静かにソーサーに戻す。その口もとに、余裕の微笑が差した。

「そうね。エミちんの20倍くらいの人数と付き合ってきたよ」

「20倍⁉」

予想をはるかに上回る数字に、エミは驚きの声を上げた。

まさか、そんなにたくさんの人と付き合ってきたなんて、やっぱり佐奈は「恋愛の達人」なのだろうか――と思ったところで、エミの思考が止まった。

「待って、佐奈ちゃん……。あたし、今まで、誰とも付き合ったことないって言ったよね？」

「うん、知ってる。0人ってことでしょ？」

「その0人の、20倍ってことは……」

真剣に計算し始めたエミを前に、佐奈は「えへっ」と照れをごまかす表情になった。

「……佐奈ちゃんも、0人？」

「そう」

少しうつむいたせいで上目づかいになった佐奈を見た瞬間、エミは、全身から力が抜けるのを感じた。

「なにそれぇ……あたしと一緒じゃない！」

「あっ、でも、エミちんに話した理論は間違ってないから！　わたし、恋愛小説も恋愛マンガも、本当にたくさん読んできたから。ただ、実証実験がすんでないだけ」

「あたしで実験しないでよ！」

思わず叫んだあと、エミは、佐奈の口にした「理論」という言葉に引っかかった。

いつだったか、テレビでこんなことを言っていた気がする。

「得意げに『恋愛理論』を語る人間ほど、自分の恋愛はうまくいっていない」

もしかしたら、あたしと佐奈ちゃんって、似た者どうしなのかも。

そう思うと急におかしくなってきて、こらえきれずにエミは吹き出していた。それを見た佐奈も、やがてクスクスと笑い始め、ついには2人して涙が出るくらい笑い続けた。

信頼の深まる「ミラーリング効果」だ、と、エミは思った。

お見合い

「お見合い!?」

あまりの衝撃に、紗月は箸で持ち上げた里イモの煮物を落とした。丸い里イモが、テーブルの上をコロコロと転がる。

「まぁ、あえて近い言葉を探すなら、『お見合い』ってことになるのかな」

紗月を動揺させた張本人である父親は、しれっとうなずいて話を続ける。

「父さんの学校の校長から、頼まれたんだよ。校長が、ご親戚の息子さんに見合うお相手を探してるらしくてな。由緒ある和菓子屋の跡取り息子で、今、大学3年生だそうだ。まあ、『お見合い』っていっても形だけだから。父さんも断りきれなくて……申し訳ないけど、協力してもらえないかな」

「なんで、お父さんの世渡りのために、わたしが協力しないといけないの!?」

お箸を握ったまま、紗月は抗議の声を上げた。

「わたし、まだ高2だよ？　それに、フツーは父親って、娘が男子と付き合うことに反対するモンでしょ？　自分からそんな話をもってきて、どうすんの。それに、わたしは『恋愛結婚』がしたいの。お見合いなんて、いつの時代よ」

「べつに、お見合いしたから交際しなきゃいけないっていうわけじゃないんだ。ましてや結婚なんか前提にしなくていいんだよ」

「だから、そういうことじゃなくて……。もう！　お母さんからもお父さんに言ってよ！」

援護射撃を求めた紗月だったが、期待に反して母親は「それがねぇ……」と、困ったように笑った。こういうときに紗月が感じるイヤな予感は、たいてい当たる。

「お父さん、もう校長先生にOKしちゃったんだって」

「はぁ!?」

「すまんっ！」

紗月の声にかぶせるように、父親が両手の平をテーブルにつき、ガバッと頭を下げた。額がテーブルにぶつかりそうな勢いだったが、それでも紗月の気持ちは収まらない。自分の知らないところで勝手に話を進めていた父親に、紗月は、いよいよ激しい怒りを覚えた。

紗月の両親はともに高校教師で、職場恋愛を経て結婚した。２人も自由な恋愛をして結婚したんだから、自分にだってそうさせてほしい、と紗月は思う。

「絶対にイヤ！　お見合いなんてしないから！　誰と付き合うかくらい自分で決める！」

好きでもない相手と会って、お付き合いして結婚なんて、想像しただけでゾッとする。一生添いとげる相手を、どうして他人に選んでもらわなければならないのか。それに、ドラマなんかで見るお見合いシーンの堅苦しい雰囲気も、紗月にはマイナスイメージでしかない。

自分は、まだ17歳だ。たしかに、今は恋人はいないけど、恋のドキドキやキュンとする感じを、もっともっと味わってみたい。そして、「この人とずっと一緒にいたい」と思える相手と結婚したい。女の子なら、そう思って当然だ。

自信をもって反論した紗月だったが、父親はそこで、とんでもないカードを切ってきた。

「さっきも言ったけど、形だけでいいんだ。それで好きな靴と洋服が手に入るんだから、アルバイトみたいなものだと思えばいい」

紗月はピクリとまぶたを震わせた。

「『好きな靴と洋服』って……どういうこと？」

「お見合いのために、それなりの服がいるだろ？　それは、紗月が好きなものを選べばいいよ。父さんが買ってあげるから」

「あら、よかったじゃない」という母親ののんきな言葉は、紗月の耳には届かなかった。

モノで娘を釣るなんて、なんて父親だ。しかし、そこは「父親」なだけあって、紗月の弱点をうまくついてくるカードだった。

それに、紗月は父親のことが、本当は大好きだ。だから、職場での父親の立場を危うくするのは不本意なのである。

「……会うだけだからね」

紗月のつぶやきに、父親の顔が、ぱあっと明るくなった。キラキラとしたまなざしを直視できず、ふんっと顔をそむけて言ってやる。

「言っとくけど、今わたしが欲しい服、すっごく高いから！」

「それは任せろ」

どんと胸を張ってから、すぐに「よかった……」と、心底ほっとしたようにつぶやく父親は、やはり憎みきれない。

「お母さんも、お相手の写真を見させてもらったけど、なかなかのイケメンよ」

そう言って、うふ、と口もとに手をそえた母親は、完全に状況を楽しんでいるようだった。


お見合いって、実際はどんなものなんだろう。ドラマで見るような感じなのかな。やっぱり緊張するのかな……。なんの話をすればいいんだろう。写真は見せてもらったけど、実際に話してみないと、その人のことなんか何もわかんないし——って、もちろん、話をしたところで、付き合うつもりなんてないんだけど。

お見合いの当日、紗月は朝から、そんなことばかり考えていた。同じことをぐるぐると思案しているうちに、あっという間に夕方になり、紗月はとうとうお見合い会場となるホテルに連れてこられたのだった。

「こちらが、『いむら屋』のご子息の、伊村亮介さんです」

「はじめまして、宮野です。こっちが、娘の紗月です」

ラウンジで紹介された見合い相手は、写真で見たとおり、そして紗月の母親が言っていたとおり、かなりの「イケメン」だった。

　すらりとした長身にダークスーツが映えていて、ワックスも何もつけていない短めの髪には清潔感がある。奥二重の目はくりっとしていて、とても端正な顔立ちだ。それに、男性のわりに色白だな、と紗月は思った。しかし、そこに不健康な印象はなく、むしろ知的な雰囲気をかもし出すのに、一役買っている。

　母親が、「素敵なんじゃない？」と言わんばかりの視線を送ってきたが、紗月は無視した。伊村亮介はたしかにきれいな顔立ちをしているとは思ったが、顔だけで好感をもつ紗月ではない。

　お見合いは、互いの両親も一緒に、ホテルのラウンジで当たり障りのない会話をするところから始まった。その序盤、コーヒーや紅茶が一杯千円もすることに、紗月はショックを受けた。千円あれば、学校の購買部のカレーパンが、いくつ買えるだろう。休みの日に詩都花やエミと、ちょっと贅沢なランチを食べることだってできる。息苦しいお見合いの場で、こんな小さなカップの紅茶に千円払うより、詩都花たちと駅前のカフェでケーキセットを頼んで、楽しくおしゃべりしているほうが、ずっとずっと有意義だ。

紗月は、そんなことを思いながらティーカップを口もとへ運び、ため息を落とした。

そのとき、伊村亮介の母親である、いむら屋の女将が、着物のすそを楚々と直して、とんでもない一言を放った。

「それじゃあ、あとは、お若い2人でゆっくりと」

ドラマで聞いたとおりのセリフに、紗月は危うく高級な紅茶を噴き出すところだった。そんな紗月の動揺などどこ吹く風と、紗月の両親も伊村夫妻に続いてソファから立ち上がる。

ちょっと待ってよ、と声に出さないまま追いかけようとした紗月だったが、高級ホテルのふかふかの絨毯と履き慣れないヒールのせいで、文字どおり二の足を踏んだ。どうせ買ってもらうなら、と背伸びして選んだ靴が、こんなところでアダになるなんて……。

そうやって紗月がモタついている間に、両家の両親はさっさとラウンジを出ていってしまう。

――どうしよう……。とうとう2人きりになっちゃった……。

とたんに、紗月の心は憂鬱に支配された。ここまでは親どうしが会話していたからよかったものの、いざ2人きりになると何を話したらいいのか、想像すらつかない。男子と2人きりという状況に緊張する紗月ではないが、「お見合い」なんてシチュエーションは、今まで経験したことがない。相手がどんな人間なのかもわからない状況には、さすがに不安を覚える。

——もうやだ、帰りたい！

紗月が再びティーカップに逃避したときだった。

「緊張して、お腹がすいちゃいましたね。食事でもしましょうか」

「え……」

伊村亮介が、ブラックで飲んでいたコーヒーのカップを置いて、にこりと笑った。その笑顔もサマになっている。「イケメン」であることは否定できない。だからといって、紗月の心にかかった雲が晴れるわけではないのだが。

「このホテルの上に、星つきのフレンチレストランがあるんですけど、そこで食事をするのがいいだろうって。父が予約してくれているので、行きましょう」

そう言って、伊村亮介は紗月をそつなくエスコートした。こうなってしまっては、紗月としては、なすがままだ。エレベーターに乗り、伊村亮介は迷うことなく最上階のボタンを押す。

高級ホテルの最上階に、星つきのフレンチレストラン。高級だろうが星つきだろうが、今の紗月に味を楽しめるはずがない。紗月は、音もなく上昇していくエレベーターのなか、気持ちだけをどんどん下降させていた。

「ここ、父に何度か連れてきてもらったことがあるんですけど、本当においしいですよ」

レストランに着くと、伊村亮介はそう言って、また爽やかに笑った。「楽しみです」と答えたものの、紗月の気分はいっこうに晴れない。イケメンと2人で高級フレンチのディナーなんて、女の子ならキャーキャー騒いだっておかしくないシチュエーションなのに。

紗月たちがテーブルの近くまで行くと、ウエイターがイスを引いてくれた。伊村亮介は、うしろを振り返ることなく腰を落とし、ウエイターがそれに合わせて、絶妙のタイミングでイスを前に出す。伊村亮介の動作にはぎこちないところが一切なく、こういうレストランに慣れていることが、紗月にもすぐにわかった。

紗月より年上といっても、伊村亮介は、まだ大学生である。大学生が、こういう高級レストランに慣れていることに、紗月は好感をもたなかった。親のお金で高い料理を好きなように食べている人だということだ。

そんなことを思いながらも紗月がなんとかイスに座る。静かに流れるジャズのメロディーに、ひかえめな笑い声が重なる。ほんのりと暗い店のなか、真っ白なテーブルクロスの上に、まるで熟れたホオズキのような色のキャンドルの灯りが揺れていた。

「紗月さん」

「はいっ」

ふいに名前を呼ばれて、紗月は思わず甲高い声で返事をした。目の前でクスッと笑われて、少しムッとした気持ちになる。伊村亮介は、すぐに笑いを引っこめ、開いたメニューを紗月に差し出した。

「飲み物は、どうしますか？　オレンジジュースとかジンジャーエールとか、ソフトドリンクもいろいろありますよ」

「あ、じゃあ……オレンジジュースで……」

了解です、と、もう一度クスッと笑った伊村亮介が、ウエイターにオレンジジュースとシャンパンを注文した。ウエイターが腰を折って去ったあと、伊村亮介は、ふと視線を横に向ける。

「ほら。ここは、夜景もきれいなんですよ」

言われて初めて、紗月は窓の外に広がる夜景を意識した。たしかに、ホテルの最上階から見える夜の街は、宝石を砕いてちりばめたかのような輝きを放っている。ただ、今の紗月にはそれを楽しめるだけの余裕がない。見栄を張ったワンピースに、背伸びした靴。メイクもほとんどしていなければ、アクセサリーだって、ふだん使いの安物のネックレスだけ。時間が経てば経つほどに、自分は場違いだと思い知らされるばかりだし、伊村亮介に恥ずかしい思いをさせられているような気持ちになってくる。

料理は、あらかじめコースを予約してくれていて、それだけは紗月も素直に感謝できた。写真もないメニューから、暗号のような料理名だけを見て注文を決めるなんて、絶対にムリだ。

――本日のアミューズ、ズッキーニのファルシ。フォアグラのポワレ、ソースマデール。ポワロー香るヴィシソワーズ。鮮魚のヴァプール、ピストゥソース。フィレ肉のポワレ、ソースペリグー……。

コースの内容が書かれたメニューを見ても、どんな料理なのか、見当もつかない。

紗月が軽い頭痛さえ覚えたところに、香りも盛りつけも華やかな料理が運ばれてきた。高校生の自分にはもったいないような高級料理を前に、マナーもわからず困惑する。

まず、ナイフとフォークが何本もテーブルにセットされているのを見たときから、紗月は動揺していた。料理が運ばれてきたところで、教えてもらえるわけではないらしい。どれを使えばいいのかわからず、紗月が料理を前にまごついていると、「外側から順番に使うんですよ」と伊村亮介が助け船を出してくれた。

紗月はドキドキしながら一番外側のナイフとフォークを手に取り、料理を口に運んだ。緊張でガチガチの紗月にも、純粋に「おいしい」と感じることのできる味だった。「星つき」ってこういうことかと、今さらながらに実感する。

紗月は、慣れないナイフとフォークでの食事を、伊村亮介の見よう見マネで乗りきろうとした。それでも、どうしてもナイフとフォークが皿にあたって、カチャカチャと音を立ててしまう。それが不格好であることは紗月にもわかるが、どうがんばっても、音を立てずに使うことができない。

一方、目の前に座った伊村亮介は、憎らしいくらい静かに、スマートに、料理を平らげていく。しかも、余裕の笑顔で紗月に話しかけながら。

「え、紗月さんも高校でバスケやってるんですか？　僕も今、大学でバスケサークルに入ってるんですよ」

「へ、へえー……そうなんですね……」

頬に無理やり力を入れて笑顔を作り、ときどき無難な相づちを打つだけで、紗月には精いっぱいだ。ナイフとフォークもロクに使えず、笑顔も不自然な今の自分は、この人の目に、さも滑稽に映っているんだろうなと思う。せめて、もっとちゃんと言葉を返さなければと思うのに、会話に気を取られればもっとひどい姿をさらしてしまうかもしれないという不安が、紗月を不自由にする。

「失礼いたします。本日のビヤンド、フィレ肉のポワレ、ソースペリグーでございます。こちらのフィレ肉は――」

ウエイターの説明を聞き流しながら、ふいに、紗月は思った。

――このお見合い、自分から断るまでもない。

一緒に食事していても楽しくない、表情も固く、会話も広がらない。こんなダメダメな女子高生と交際する理由が、彼にはない。「断る権利は自分のほうにある」と、一方的に、エラそうに考えていた自分が、紗月は急に恥ずかしくなった。

こういう人には、きっと、もっとオトナで洗練された女性が似合う。この人も、この人のご両親も、きっと、そういう女性を求めているだろう。ナイフとフォークの使い方もおぼつかない子どもなんかではなく。

　お見合いに、自分みたいな相手がやってきて、この人もガッカリしているに違いない。代々続いた由緒正しき和菓子屋の跡取り息子と、どこにでもいる平凡な女子高生では、まるで釣り合わない。

　そんなことは、最初からわかっていた。しかし、こうして事実をまざまざと突きつけられると、心の隅がきしむように痛むのも事実だった。

　やっぱり早く、この場を去りたい。これ以上、不慣れでみっともないところを見られたくないし、内心であきれられたくもない。早く帰って、詩都花やエミにグチを聞いてもらおう。うん、そうしよう。そのほうが、きっと、ずっと楽しい。

　そう決めた紗月は、フィレ肉の横に付け合わせとしてそえられていたニンジンに、フォークを刺そうとした。しかし、一口サイズの丸いニンジンは、やたらつるつるしていて――もともとそういう種類のニンジンなのか、それともシェフがあえてこういうふうに調理したのか、それさえも紗月には判断がつかないが――刺そうとしても、そのたびにフォークの先からすべって逃げてしまう。

正面から伊村亮介の視線を感じて、ますます紗月は焦(あせ)った。ああ、きっとまたあきれてる。内心で笑ってるのだろう。恥ずかしい。早く帰りたい。たった1個のニンジンのせいで、どうしてこんな思いをしなきゃいけないの？

紗月は力いっぱいフォークを握り、今度こそとニンジンに狙(ねら)いを定めた。

――よし、いった！

そう思った矢先、ニンジンは、またもやするりとフォークをかわした。しかも、紗月が手に力をこめすぎたせいか、反動で勢いよく跳(は)ね上(あ)がり、皿(さら)の外へ飛び出してしまったのである。そこで終わればまだマシだったが、ニンジンはあろうことか、そのままテーブルから落ちて、床の上をコロコロと転がっていった。

紗月にとって、時間が止まったように感じる瞬間(しゅんかん)だった。事態に気づいた近くの客が、紗月と、床の上のニンジンとを見比べてから、見てはいけないものを見てしまったという表情になる。

反射的に、紗月は目の前に座っている彼を見た。――見てから、激(はげ)しく後悔した。

伊村亮介は、大きく見開いた両目で、床に転がったニンジンを見つめ、ぽかんと口を開(あ)けていた。あっけにとられていることが、これでもかというほどにわかる表情だった。

とたんに紗月は、顔から火が噴き出すかと思うほどの恥ずかしさに襲われた。

やっぱり、お見合いになんか来なければよかった。モノに釣られた自分がバカだった。自由に恋愛をしたいというのも、もちろん本当だが、分不相応な場所に連れていかれて恥をかくのは自分だということが、紗月にはわかっていたのだから。

高級レストランに着ていく服なんか、1着も持っていない。ハイヒールも履き慣れていない。テーブルマナーやフランス料理のことだって何も知らない。ここは、そんな自分が来るべき場所ではなかったのだ。お見合い相手のこの人だって、きっと、わたしの不作法にあきれて、見下して、あざ笑っているに違いない。時間をムダにした、と、帰ってから後悔することだろう。どこかで笑い話にされるかもしれない。

そんなことを考えると、紗月の目に、じわりと熱い感覚がこみ上げてきた。そこへ聞こえてきたかすかな笑い声は、紗月に、さらなる追い討ちをかけた。

ククククク……と、紗月の目の前で伊村亮介がノドを震わせる。軽く握った拳を口もとにあてているものの、押し殺した笑いがもれて、紗月のところまで届いてしまう。

やっぱり、バカにされてる……。

紗月の目にあふれた熱が大きくなって、視界にかすかなゆがみが生じたとき、伊村亮介の笑い声がひときわ大きくなった。こらえるのをやめて、もはや盛大に声を出す笑い方だ。

まわりの客たちが、何事かという目で伊村亮介を見る。一方の紗月は、恥ずかしい思いを通り越して、自分を笑いものにする伊村亮介に怒りを覚え始めていた。

もう我慢できない。あとのことなど何も考えず、ただ気持ちのままに紗月が席を立とうとしたときだった。

「いやぁ、こんなにイキのいいニンジンが、いるんですね。驚きました。そういえば、僕が高校生のときに来たときにも、やっぱりイキのいいニンジンが床まで逃げていきましたから、このレストランはそういうニンジンを使っているということなんでしょうね」

伊村亮介の言葉に、紗月は、立ち上がろうとしていた足をピタリと止めた。

「すみません、急に笑ったりして。自分のことを思い出して、おかしくなっちゃって。それはそうと、せっかくの素敵なワンピース、汚れませんでしたか？」

今度は紗月がぽかんとする番で、そんな紗月に気づいた伊村亮介が、にっこりと微笑みを浮かべる。

「あ、はい……大丈夫、です」

なんとか紗月が答えると、「それはよかった」と、いっそう爽やかな笑顔になった。それ以上は、この話題を引っぱることなく、伊村亮介はウエイターを呼んだ。

ウエイターとスマートにやり取りするお見合い相手を前に、紗月は、先ほどとは違う意味の熱が目頭にこみ上げてくるのを感じていた。

本当は、高校生のときに失敗などしていないのだろう。それなのに、おそらく、こちらの気を楽にしようとして、「僕も同じ失敗をした」なんてウソをついてくれたに違いない。

――わたし、何も見えてなかった。

由緒あるお店の跡取り息子だからとか、最初から住む世界が違うんだからとか……ぜんぶ、わたしのヘンなコンプレックスで、この人自身をちゃんと見てなかったし、ちゃんと話そうともしていなかった。

「紗月さん、飲み物のおかわりは――」

伊村亮介の声が止まる。同時に彼がギョッとした顔になり、続けて「だ、大丈夫ですか?」と、初めて声が動揺した。そこでようやく紗月は、自分の目から、ぽろぽろと何かがこぼれていることに気がついた。

伊村亮介に対する申し訳ない気持ちで、いっぱいだった。彼のことをきちんと見ていなかったこと。自分の勝手な思いこみで、彼の人となりを決めつけていたこと。お見合いで知り合う人との恋愛なんて絶対にないと、偏見をもっていたこと……。

自分は、両親やお見合いに抱いていた抵抗感を、無意識に彼にまで押しつけてしまっていた。そっとハンカチを差し出してくれる彼のまなざしは、涙にかすんでいてもわかるほど、優しくてあたたかいのに。

目の前のハンカチを受けとって、涙の上から押さえると、ほのかに甘く心地のいい香りが、紗月の鼻腔をくすぐった。和菓子の香りなのだろうか、ほっと、心のほぐれる香りだった。

そして、そのほのかに甘い香りのなか、紗月は小さなときめきを感じたのである。

＊

はぁ……と、エミは恍惚とした表情で、吐息をもらした。

「ほんと、何回聞いてもステキだよね。紗月ちゃんと彼氏さんの出会いのエピソード」

「いい人だってことが、すごく伝わってくるもんね」

エミと詩都花の感想に、紗月は「そうかな……」とつぶやいて、視線を横へ流す。照れているのだということが、詩都花とエミには一目瞭然だった。

「じゃあ、わたしそろそろ行くね」

そう言った紗月が、通学カバンを手に教室のイスから立ち上がる。「帰りにクレープでも食べていかない？」と誘いに紗月の教室まで来た詩都花たちだったが、今日は先約があると断られてしまった。

「うん、行ってらっしゃい。デート、楽しんで」

「今日は、どこ行くの？」

カバンを肩にかけた紗月が、尋ねたエミを振り返る。紗月が返したのは、全国的にチェーン展開している、ファミレスの名前だった。

「『俺も、本当は高級レストランって、肩が凝るから苦手なんだよね』って、あとから言われてさ。２人のときは、気軽なお店ばっかり行ってるよ。まあ、そのほうが落ち着いて話せるし、いいんだけどね」

「いいんだけどね」なんて、妥協したような言い方をする紗月の表情は、どこまでもやわらかい。

軽い足取りで教室を出ていく紗月を見送ったあと、詩都花とエミは顔を見合わせて微笑んだ。

仕方がないので、今日は２人でクレープを食べにいこうと決めて。

毎日が記念日

「えっ、別れたの？」

目をまん丸にした詩都花（しづか）に対して、堺深冬（さかいみふゆ）は軽く「うん」と返しただけだった。

深冬は、詩都花の家の近所にあるコーヒーショップの店員だ。店員といってもアルバイトの大学生で、年齢（ねんれい）は詩都花と3つしか違（ちが）わない。茶髪（ちゃぱつ）でショートカットの深冬は、性格がサバサバしていて、初めて会ったときから気さくに話しかけてくれた。それ以来、母親に頼（たの）まれてコーヒー豆を買いにくるたびに深冬と雑談することは、詩都花の日常になっている。

店内のカフェスペースでは、大学生くらいの男性が本を読みながら、静かにコーヒーを飲んでいた。ほかにお客はいない。詩都花は声をひそめて、深冬に尋（たず）ねた。

「どうして？　告白されたとき、『2人の時間を大切にしたい』って言われたって、嬉（うれ）しそうだったのに……」

深冬がそう話してくれたのは、ほんの１ヵ月くらい前のことだ。つまり、付き合い始めて１ヵ月しか経っていないことになる。彼が深冬に言ったという、「これからの時間」なんて、作ることもできなかったはずだ。

何があったのかと目で問う詩都花に、深冬は、コーヒー豆を量りながら答えた。

「今考えてみると、あの告白が『伏線』だったのね」

＊

深冬に告白したのは、同じ大学に通う榎木遼太朗だった。もとから仲のよい友人だったし、趣味が合うこともわかっていたので、深冬は告白を受け入れた。深冬にとって遼太朗は、男子のなかでもっとも気心が知れた間柄だったから、恋人という関係には、「そうなるべくしてなった」と言ってもいい。

「深冬と遊んだり話したりするの、本当に楽しいんだ。だから、もっと深冬のことを知りたいし、もっと俺のことを知ってほしい。俺と付き合ってくれないか」

奇をてらわない、ストレートな告白に、深冬は好感をもった。深冬が「うん、こちらこそよろしく」と答えると、遼太朗は想像以上に喜んだ。それだけ好意を寄せてくれているんだ、と思うと、深冬も悪い気はしなかった。

「今までは友だちだったけどさ、これからは、その……恋人どうしってことで、2人の時間を大切にしたいなって、思ってる。来年の今日、『付き合って1年記念日』を仲よく一緒に祝えるように、がんばるよ」

がんばる、というのが遼太朗っぽいなと思って、深冬は笑った。そういう少し不器用で生真面目なところには、ずいぶん前から好感をもっていたような気がする。

遼太朗とだったら、これからも楽しくやっていけそう。

——あのときは、本当に、そう思った。

最初に違和感を覚えたのは、3回目のデートで映画館に行ったときだった。映画の趣味も合っていたため、満場一致で——といっても2人しかいないのだが——話題になっている海外のS

F作品を観た。終わったあとに食事をしながら感想を語り合うのも楽しく、やっぱり遼太朗と付き合って正解だったな、と深冬が思ったときだ。

「今日は、『2人で初めて映画を観た記念日』だね」

その言葉に、深冬は、パスタを巻いていたフォークを止めた。ふと、これまでにあったことを思い出したのだ。

遼太朗の告白にOKの返事をしたとき。

「じゃあ、今日は『付き合い始めた記念日』だね。これからよろしく!」

そのときは、遼太朗との交際が始まることを実感させられて、くすぐったい思いがした。その響きに、わくわくする自分もいた。

付き合ってから初めて2人きりで、大学帰りに食事をしたとき。

「実質、これが俺たちの最初のデートだよね。『初デート記念日』だな」

2回目のデートで、遼太朗のほうから手をつないできたとき。

「『初めて手をつないだ記念日』だ。なんか、ちょっと照れるけど……」

そういうことを言われた深冬は、自分との時間を本当に大事に考えてくれてるんだな、と思っていた。しかし、一緒に映画を観ただけで「記念日」になるなんて、と、その考えが少し揺らいだ。

複雑な表情をしている深冬に、遼太朗が、笑顔でこんなことを言った。

「これからどんどん、俺たちの『記念日』を増やしていこうね」

深冬は、素直に「うん」と答えることができなかった。「記念日」に喜びを感じなくなった瞬間だった。

趣味は合うかもしれないが、価値観は合わないかもしれない。うきうきしている遼太朗を前に、深冬は、そんなことを考えていた。


それから遼太朗は、ことあるごとに「記念日」を作っていった。

2人で初めて遊園地へ行った記念日。

あいあい傘記念日。

深冬がお見舞いに来てくれた記念日。

ボウリングでターキーを出した記念日。

ファーストキス記念日。

あまりに「記念日」という言葉を聞きすぎたせいで、深冬のなかでは、そこから特別な感じが失われてしまった。特別感が失われるどころか、それが、はっきりと負担なものに感じたのは、遼太朗がすべての「記念日」をスマホのスケジュール管理アプリに登録しているのを知った瞬間だった。

深冬が遼太朗のスマホをのぞき見したわけではない。

「今日は『初めてのパフェ記念日』だな」と、遼太朗がカフェでスマホを取り出して操作し始めたので、「何してるの？」と深冬は尋ねた。すると遼太朗は得意げに胸を反らしながら、深冬にスマホの画面を見せたのだ。

「深冬との大事な記念日をメモってあるんだ。これで、ずっと忘れずにいられるだろ？」

スケジュールに空白の欄がないほどメモられた「記念日」に、深冬は愕然とした。

「毎日が記念日」なんて、幸せを体現したキャッチフレーズのようだが、実際に自分がその立場になると考えると、深冬には、笑っている自分を想像することができなかった。

——そして、あれを見てしまったのだ。

それは、遼太朗が深冬に告白してから、もう少しで1ヵ月になろうというある日のことだった。

いつものように記念日を制定した遼太朗が——ちなみに、そのときは、「2人で将来の仕事のことを話す記念日」だった——例によって、スマホのスケジュール管理アプリの画面を得意気に見せてくれた。

そのとき、見るとはなしに、明日以降、つまり未来の予定が見えてしまったのだ。3日後には、「付き合い始めて1ヵ月記念日」がひかえている。それは、もちろん問題ない。問題は、その翌日だ。そこには、「付き合い始めて、初めてのケンカ記念日」が、そして、さらにその3日後には、「初めての仲直り記念日」という文字が書かれていた。

えっ、なんで未来のことが？ もしかして、遼太朗は、制定した記念日をメモするだけではなく、先に記念日を決めて、それに合わせて行動しているの？ そんなバカな。

でも、そう考えると、今までのデートのなかで、ちょっとだけ気になっていた疑問が氷解する。

基本、遼太朗は深冬に対して、とても優しい。たいていのことは、深冬の言うことを尊重してくれる。

「俺も、ちょうどそれを頼みたいと思ってたんだ。やっぱり趣味が合うね」

しかし、たまに、どうでもいいような小さなことで、絶対に譲らないことがあった。

「今日は、パスタは食べたくないんだ。絶対に深冬とラーメンを食べたい」

おそらくあの日は、あらかじめ、「2人で初めてラーメンを食べた記念日」と制定されてしまっていたのだろう。いや、たしか、ラーメンの味を選ぶときに、しつこく、「この店に来たら、絶対に塩ラーメンを食べなきゃ」と言ってきたから、「2人で初めて塩ラーメンを食べた記念日」かもしれない。それとも、「俺のオススメのラーメンを、深冬が食べた記念日」？

そんなことは、どうでもいい。深冬は、どんよりとした気持ちになった。遼太朗は、私という人間と付き合っているのだろうか、それとも、記念日を作るために、私と付き合っているのだろうか？

そういえば、遼太朗が告白してくれたとき、「がんばるよ」と言っていた。「がんばるよ」には、「大変だけど」というニュアンスが隠されている。あのときは、それが、ちょっとだけ不器用な遼太朗なりの愛情表現だと思っていた。でも、あれは、文字どおり、率直な表現だったのかもしれない。私と付き合うのは、大変なことなのだろうか？

――遼太朗にとって、私と付き合うのは、ラジオ体操に行くのと同じようなもので……そして「記念日」を制定するのは、カードにスタンプを押してもらう感覚に近いのかもしれない。

「深冬？　どうしたの？」

ぼんやり考えこんでしまった深冬の顔をのぞきこんで、遼太朗が尋ねる。遼太朗は、深冬にスマホの中の「未来記念日」を見られたことに気づいていないのか、とても幸せそうな表情をしている。そのことがまた、深冬をげんなりさせた。

彼のしていることの真意は、深冬にはわからない。でも――彼を疑ってしまっている時点で、もうこの関係を続けるのは難しい。深冬は、自分の気持ちを正直に伝えることにした。

「ごめん、遼太朗……私たち、いったん、もとの友だちどうしに戻れないかな」

「えっ、急になんで？　冗談だよね？」

「ごめん、冗談で言ってるんじゃない。今はまだ、うまく説明できないの」

深冬がふざけているのではないことがわかり、遼太朗は真剣な表情になった。

「そんなので納得できるわけないじゃん。俺が何か悪いことした？　浮気をしたわけでも、深冬にヒドイことをしたわけでもないだろ」

たしかに、遼太朗の言うとおりだ。ほんの少し、罪悪感のようなものが深冬の胸に浮かんだ。

「それに、今日は絶対にダメだ。3日後は、『付き合い始めて1ヵ月記念日』だろ!? だけど、『1ヵ月記念日』の翌日になら、そういうワガママを言ってもいいよ。ケンカになるかもしれないけどね」

深冬の中で、何かがブチッと大きな音を立てて切れた。

「ごめん! 今日が『最後のデート記念日』って書いておいて。予定していたことと違っちゃうだろうけど、あなたとは別れます!」

えっ、と裏返った声を上げる遼太朗に、深冬は頭を下げた。

そのあと深冬は、自分の気持ちを正直に話した。最初は「計画を立てることの何が悪い」といった様子の遼太朗だったが、最終的には深冬の考えをわかってくれた。

しばらく恋愛はいいや、と深冬は思った。でも、遼太朗は人間としては悪いヤツではないから、新しい彼女もすぐに見つかるだろう。そうしたら、「新しい彼女ができた記念日」を、制定することができるはずだ。

*

なるほど、と詩都花は心の中で大きくうなずいた。いろいろな「別れ」があるものだ。

「でも、最終的には深冬ちゃんの考えをわかってくれたんだから、『別れる』のをやめる、という選択肢もあったんじゃない？」

詩都花は、ストレートに聞いてみた。

「それはないよ。一度冷めてしまったら、もう二度と熱を上げることなんて、できない。仮に、一度冷めてしまったものをもう一度温められても、以前みたいにおいしくはないんだなぁ」

自分も、深冬の年齢になるころには、そんなセリフをさらりと言えるようになるのだろうか。

「それは、コーヒーも同じだよ。冷めないうちに味わってね。はい、オリジナルブレンドの深煎り、200グラムお待たせ。毎度ありがとうございます」

そう言って、からりと笑う深冬からは、香ばしく煎られたコーヒー豆の香りがただよってくるのだった。

あだ名

梨花は、いつもクラスで孤立していた。しかし、そのことを梨花が気に病むことはなかった。クラスメイトは少しでも時間があると、わいわいと集まって、おしゃべりをしては笑い声を上げている。そのなかで、梨花は常にひとり、自分の席で本を読んでいた。

梨花からすれば、クラスメイトたちがしている話の何がそんなにおもしろいのかが、わからない。芸能人の誰それがどうの、最近できたお店に行列ができてどうの、何組のナントカくんを何組のナントカさんがフった、フラれたで、どうのこうの……。

くだらない。そんな話のどこがおもしろいのか。梨花には、クラスメイトたちが小学生に見えた。

ため息をつきながら、梨花はカバンに手を伸ばした。からんでくるイヤホンコードをほどきながら文庫本を取り出し、ページをめくる。時間を割いてムダ話をするくらいなら、本を読んでいたほうが、ずっと楽しい。

その気持ちを梨花が口にしたことはなかったが、クラスメイトたちは雰囲気で察していたのか、梨花に積極的に話しかけようとはしなかった。それは梨花としても好都合で、仲間はずれにされたとか、無視されているとか感じることもなく、ただ静かに読書をしながら、ひとりの時間を謳歌していた。

そんな梨花には、読書以外にも「趣味」があった。クラスメイトに、勝手にあだ名をつけることだ。本を読むのに疲れてきたら、本を読んでいるフリをしながら、クラスメイトのことをじっと観察する。そして、彼らの特徴を的確に表現するあだ名をつけては、ひとりでほくそ笑むのである。

渋谷は気が短く、すぐに怒って目をむいて顔を真っ赤にするから、「ダルマ」。

堀さんは、いつも「明日からダイエットする」と言って実行しないから、「あすなろ」。

細井は、名前は「細井」なのに、でっぷりと太っているから、「細くねぇ氏」。

マイコは落ち着きがなくて、いつもバタバタしているから、「バタ子」。「てんてこマイコ」と迷ったが、それでは少しかわいすぎるし、マイコは顔が外国人みたいに派手だから、やはり

「バタ子」だ。

まだ、あだ名をつけていないクラスメイトを観察するために、梨花が文庫本を読むフリをしてこっそりと教室を見回していたときだ。「よっ！」と、能天気な声とともに、うしろから肩を叩かれた。梨花が振り返るより早く、その人物は梨花の正面に回りこむと、空いていた前の席に勝手に座る。前後逆にイスにまたがり、背もたれに両腕をのせる格好だ。

「今日はどんな本読んでんの？」

背もたれの上の両腕に、さらにアゴをのせながら、その人物は梨花に尋ねた。

——また、面倒なヤツが来た……。

梨花が内心でげんなりしていても、その人物は笑顔を崩さない。あきれる梨花に気づかないフリをしている図太い神経の持ち主か、はたまた空気が読めない、ただのウツケ者か。そこが梨花にもわからず、今ひとつ距離感がつかめないのだ。

「誠」という名前にそぐわず、お調子者で誠実感などなさそうな彼は、それでもクラスの人気者だった。明るく人懐っこい性格で、誰にでも分け隔てなく接するため、男女を問わずクラスの誰からも好かれている。

そういえば、この男にはまだあだ名をつけていなかった。いろいろ考えてはみたのだが、どれもピンとこないのだ。それは、誠がクラスの人気者であるせいかもしれなかった。イメージというものが先に立つと、あとから何を言ったところで、しっくりこなくなってしまう。

「梨花って、ほんとに本が好きだよなー。俺なんか、すぐ眠くなっちゃうからさ」

そんなことを言って、誠はおもしろそうに笑う。もちろん、梨花は少しもおもしろくない。許可した覚えもないのに「梨花」と名前で呼び捨てにしてくるところも、なれなれしすぎる。

梨花がイラ立ちまぎれのため息をついているにもかかわらず、誠はひょいと頭を下げて、梨花の手にある本のタイトルを上目づかいに確認した。

「へぇー、また難しそうなの読んでるね」

「べつに、難しくないし」

「ほんとに？　おもしろい？」

「まだ読んでる途中」

梨花は、あえて低い声で、そっけなく返す。が、誠は気にした様子もなく「そうなんだー」と腕を組んだ。

「じゃ、俺も今度、その本読んでみよっかな」

「貸さないよ」

「なんで？」

「難しいと思うから」

「難しくないって、さっき言ったじゃん」

「わたしには難しくないってこと」

「ありがとう」

なんの脈絡もなく礼を言われて、「は？」と梨花は誠を見つめた。その唇が持ち上がり、ニッと白い歯が光る。

「梨花、俺のこと心配してくれてるんだ。優しいね」

……やっぱりコイツ、ダメだ。調子が狂う。

「もういい？　ひとりで本を読みたいんだけど」

本を顔の前まで持ち上げて、梨花は強制的に視界から誠をシャットアウトした。それでも誠は、また気にする様子もなく、「ごめんごめん」と笑いながら立ち上がる。

「じゃあ、またな」

そう言って軽やかに去っていく誠の背中をチラッと見てから、梨花は開いたままの本で顔をおおった。紙とインクのにおいに向かって、ぽつりとつぶやく。

こんなに「近づいてくるなオーラ」を出しているのに、相変わらず、なれなれしいというか、図々しいというか……まったく、理解に苦しむ。

梨花はようやく誠にふさわしいあだ名を見つけ、そっとつぶやいた。

「『なんだアイツ』」


週明け、登校した梨花が自分の席でカバンを開けていると、まだ主が来ていない前の席に誠がずんずん向かってきて、今度は机に直接どかりと腰かけた。無視する梨花に、誠は世間話でもするような口調で話しかける。

「なぁなぁ！　来月、文化祭じゃん？　ちょっとそこで何かしようと思ったんだけど……」

そこで、誠が前の机から飛び下りた。そのままの勢いで床にヒザをつき、梨花の机に両腕をのせ、間近から梨花の顔をのぞきこむ。梨花が体をのけ反らせて距離をとる間もなかった。

「梨花も手伝ってくれないかな」

「はぁ？　なんでわたしが？」

「いやぁ、梨花ならうまくできると思ってさー」

「『うまくできる』って、あんた、わたしに何させようっていうの!?」

「ありがとう！」

また脈絡の不明な礼を向けられて、梨花はイヤな予感がした。

「興味もってくれたんだね！　じゃあ、今日の放課後、音楽室で待ってるから！」

そう言って、軽やかに誠が去っていく。どこまで身勝手な解釈なんだろう。梨花はまだ引き受けるとも、話を聞くとも言っていない。

梨花は大きなため息を吐き出した。それから、昨日、誠に対して決めたばかりのあだ名が適切でなかったことに気づき、心の中で更新したあだ名をつぶやいた。

「『なんなんだアイツ』……」

放課後、梨花は、誠の考えていることがどんな内容だったとしても断るつもりで、音楽室に向かった。しかし、断る前に誠から「仲間」を紹介されてしまったのだ。

誠が考えていたのは、男女4人のバンドだった。文化祭のステージで、数曲を演奏する予定だという。「この曲と、この曲と、それから……」と、予定している演奏曲を、誠が指折りながら梨花に伝える。なかには梨花の好きな曲も入っていて、まぁまぁ楽しそうかも、というくらいには梨花の気持ちも動いた。

バンドのメンバーが、それぞれ楽器を手に取る。チューニングを始めた彼らの顔は、キラキラと輝いていた。

「梨花も、音楽好きでしょ」

「え……」

知ってるよ、と言わんばかりの誠の言葉に、梨花は完全に不意をつかれた。

「だって、小説と一緒に、音楽プレーヤーもカバンに入れてるじゃん。しかもあれ、最新のでしょ？　音楽が好きじゃなきゃ、買わないよね」

名探偵にでもなったつもりか、得意げな顔が憎たらしい。何か言い返してやろうと、梨花が口を開いたときだった。

「あのさ、もしかして、ピアノとか弾けたりしない!?」

「は？　えっ、まぁ、小学校のころに習ってはいたけど……」

そう答えたときの誠の目の輝きを見て、しまった、と梨花は思った。あとずさりするも、時すでに遅し。ガシッと正面から両手をつかまれる。

「じゃあ決まり！　梨花は、キーボードを頼むよ！」

「ちょっと、まだ手伝うとは言ってな——」

「いいから、いいから」

何もよくない、と内心で抗議する梨花だったが、誠にグイグイと背中を押され、弾き手のいなかったキーボードの前に立たされてしまった。振り返ると、そこには誠が満面の笑顔で立っている。

——もしかして、わたしがピアノを弾けることも、ぜんぶ知ってた？

そうは思うが、不思議と不快な気持ちは起こらなかった。久しぶりに鍵盤を前にしたせいか、理由はわからないが、やってみてもいいかも、という気にさえなっていた。

黙って、キーボードの上に両手をのせる。ふいに、耳もとに音楽が聞こえた気がして、そこに、誠の「よし、始めるぞ！」という大きな号令が重なった。

　それから毎日、放課後はバンドの練習をすることになった。梨花は、いつの間にか演奏にのめりこんでいる自分に気づいて驚いた。鍵盤に触れるのは小学校以来。数年ぶりの演奏が純粋に楽しかったのだ。

　バンドのメンバーとも仲よくなった。クラスでは梨花のほうから壁を作っていたが、バンドでは、「音楽が好き」という共通点が、その壁をあっさり壊してくれたのだ。音楽の基礎が一番しっかりできていたのが梨花だったということもあり、いつの間にか、練習の中心にいるようにさえなっていった。

　梨花は初めて、高校生活を楽しいと感じた。

「梨花が入ってくれて、ほんと助かったよ」

　下校途中、誠が唐突にそんなことを言ってきた。練習が終わったあとは誠と下校するのが、すでに当たり前になっている。

「じつは俺たち、ほとんど素人の集まりだったからさ。梨花が入って、やっとマトモな練習が始められたって感じ」

「そんなので、よくバンドなんてやろうと思ったわね」

梨花のもっともな感想にも、誠は「まっ、細かいことはいいじゃん」などと言って、のんきに笑っている。

本当に、いったい、どういうつもりでわたしをバンドに誘ったんだろう。

今さらながらに梨花は思ったが、尋ねることはしなかった。

「それじゃあ、お疲れ！　この調子で本番もがんばろうぜ！」

ギターを背負い、手を振って走っていく誠に、梨花も手を振り返した。

手の平が不思議とあたたかい気して、少しとまどった。


数日後、梨花は誠たちと一緒に、文化祭のステージに立った。毎日の練習の成果があって、ちゃんとバンドらしい演奏ができた。最後の曲が終わったあとに起こった大きな拍手と歓声にも、大成功だと認められたような気がした。

ステージを下りたあとにはバンド仲間と抱きあい、たたえあった。そんなつもりはなかったのに、梨花は涙を流していた。

それ以降の梨花は、クラスメイトとも少しずつ打ち解けて話すようになった。バカバカしいとか、くだらないとか、自分で壁を築いていては、近くにある「楽しいもの」に気づけない。バンドを通して、そんな思いが梨花の中に芽生えたのかもしれない。

以前とはうって変わって積極的に高校生活を楽しむようになった梨花は、誠とも、より親密になっていった。

「これ、読んでみてよ。梨花、きっと気に入ると思う」

ある日、梨花の前の席ではなく、梨花の机に直接手をついて、誠が文庫本を差し出してきた。

誠から本を貸してくるなんて珍しいこともあるものだ、と思いながら、梨花はその本を受け取る。

「へぇ……ありがとう」

答えて、渡された本を開いてみると、それはちょうど梨花が読みたいと思っていた、高校の合唱部を舞台にした青春小説だった。

「おもしろそうだろ？」と、勝ち誇ったかのような声がして顔を上げると、やっぱり勝ち誇ったような笑顔があった。

そんな笑顔を見るたびに、梨花は思う。なんで、わたしみたいな人間に声をかけて、仲間に引き入れたんだろう……。いくら考えても答えは出ない。

本当に、不思議な人間だ。悔しいけど、「なんなんだアイツ」というあだ名を変えなければならない。そう呼んでいたときよりは、ほんの少し、誠との距離が近くなったのは事実だ。

誠の天真爛漫な笑顔を見ながら、梨花は新しいあだ名で、こっそりと呼びかけた。

「『なんだろうコイツ』」

――月日は流れた。

高校、大学を卒業した2人は、社会人になった。梨花が選んだ仕事は、ピアノ教室の先生だ。子どもが相手なので考えるべきことは多かったが、音楽に満たされた生活は、梨花にとって最高に心地のいいものだった。そんなふうに環境が変わっても、梨花と誠の関係が途切れることはなかった。

そして、高校での出来事が2人の間に「腐れ縁」を結んだのか、梨花と誠は恋人どうしとなり、お互いを支え合うようになっていった。

しかし、そんな関係は長くは続かなかった。


2人は将来のことをじっくりと話し合い、恋人であることをやめた。もう、梨花が誠に親しみをこめて「なんだろうコイツ」とつぶやくこともなくなった。

もともと梨花は、感情を表に出すことが得意ではなかった。「あだ名をつける」ということは、そんな梨花のストレス発散法のひとつだったのかもしれない。しかし、誠と知り合ってからの梨花は、だんだんと感情を表に出すようになっていった。

それでも、恋人関係であったときには、やはりつかみどころのない誠に対して、梨花が内心で「なんだろうコイツ」と思うことが何度もあった。だから、もうこの関係を終わりにしようと決め、それから梨花は、思ったことをきちんと口に出す人間になっていった。

その日、梨花は誠に対して怒りをあらわにした。誠の呼び方も、以前とは違う。もちろん、あのころ考えた「あだ名」などでは呼ばない。

「もう、パパ！　詩都花にミルク飲ませてって、お願いしたよね!?　なんで一緒になって寝てるの！」

　２人は、恋人から、「夫婦」になったのだ。

＊

「自分の両親の恋バナって、どういう気持ちで聞けばいいのか、わからなかったわ」

ため息と一緒にそうつぶやいて、詩都花は、やれやれと首を横に振った。

母親である梨花と父親である誠から聞いた、結婚に至るまでのエピソードは、娘の詩都花からすればリアクションに困るものだった。しかし、２人の友人は違う感想をもったらしい。

「あたしは、詩都花ちゃんのお父さんとお母さん、ステキだと思うなぁ」

嬉々としているのはエミだ。その隣で「たしかに」と腕を組んだのは紗月である。

「幼なじみと結婚っていうシチュエーションは、憧れるよね」

「高校からの付き合いを『幼なじみ』って呼ぶの？」

「長い付き合いであることは確かじゃない。高校の同級生とずっと仲がよくて、そのまま結婚なんて、めっちゃキュンキュンする！」

ひとりで盛り上がり始めた紗月を、そんなものなのか……と詩都花が見つめていたときである。

「幼なじみかぁ……」

ぽつりと、エミがつぶやいた。そのつぶやきの奥にある意味深な響きを、紗月と詩都花が聞き逃すはずがない。

「何か、思いあたる節でもあるんですか？　エミさん」

紗月がおどけて、見えないマイクをエミに向ける。「あ、いや……」と言いながらも、エミの目は記憶をたぐるように宙を泳いだ。

「あたしのことじゃないんだけどね……」

今度は、紗月と詩都花が身を乗り出す番だ。

ただ一度の質問

瑠美の頭の中で、図形がぐるぐると回り始めた。これだから、図形問題は嫌いだ。もっといえば、数学そのものが大嫌いだ。ただひとつの「正解」を導き出すだけの数学なんて、役に立たないに決まっている。人生で起こる問題に「正解」がひとつとは限らないし、そもそも「正解」があるとも限らないのだから。

「だめだ……この問題、ぜんぜんわかんない……」

そうつぶやいて机につっぷしながら、ちらりと隣に視線を送る。助けを求めるような瑠美の視線に、猛はすぐに気づいた。

「ったく、しょうがないなぁ……」

ため息まじりにそう言って、猛が、床にあぐらをかいたまま、ずりずりと瑠美のほうに近づいてくる。肩が触れそうな距離から瑠美の手もとの問題をのぞきこんだ猛は、そこにあった図形に、さらりと線を描き入れた。

「こうやって補助線を引けば、簡単に解ける問題だろ？」

「あ、そっか。さすが、たけ――」

「る」が音になる前に、瑠美は硬直した。

問題から顔を上げると、目と鼻の先に猛の顔があったからだ。

瑠美の頬が、わずかに紅潮する。それを自覚して、あわてて目をそらした瑠美に、猛がからかうような口調で言った。

「どうした。自分のアホさ加減が恥ずかしくなったのか？」

「うるさいっ！」

ムキになった瑠美に、猛が勝ち誇ったようにニヤリと笑う。またやられた……と、唇を噛む瑠美の前で、猛は教科書を閉じた。

「じゃあ、今日はここまで」

「えっ！　まだテスト範囲、終わってないよ？」

「ポイントは教えただろ。あとは、ひとりでがんばれ。自分で考えないと身につかないから」

ノートや教科書をテキパキと片づけて、猛が瑠美の部屋を出ていく。軽やかな足取りで階段を下り、「お邪魔しましたー」と言って玄関のドアノブに手をかける。瑠美より先に玄関まで出てきた瑠美の母親が、「もう帰るの？」と残念そうな口調になった。

「猛くん、いつもありがとね。瑠美ったら、ほんとに勉強が苦手だから、猛くんに教えてもらえて助かるわ。今度は、お腹をすかせてきてね。夕飯ごちそうするから！」

「やった！　ありがとうございます」

無邪気に喜ぶ猛を前に、瑠美の母親が嬉しそうに微笑む。

「じゃあな、瑠美。ちゃんと勉強しろよ！」

「わかってるってば！」

噛みつくように言い返すと、したり顔をした猛は、くるりと瑠美に背中を向けて出ていった。

ムッとしたまま部屋へ戻ろうとした瑠美に、母親が声をかける。

「猛くん、カッコよくなったわね。背も伸びたし、筋肉もついたし、声変わりもして、すっかり男って感じ。瑠美、今のうちに彼女になっておけば？　猛くん、大人になったらもっとカッコよくなるわよ！」

「なに言ってんの！　バカじゃないの！」

動揺のあまり声が大きく、トゲトゲしくなったが、母親は気にしたふうもない。だから、よけいにムキになった。

「猛は、ただの参考書がわりだから！　猛も、あたしに教えることで勉強になるって思ってるだけだから、ウィン・ウィンってゆーヤツだよ。家庭教師をお願いしなくてもいいんだから、家計にだって優しいでしょ！　ウィン・ウィン・ウィンだよ!!」

それだけ言い放つと、瑠美は大きな足音を立てて、2階の部屋に戻った。そのまま勢いよくベッドにダイブし、枕に向かってため息をつく。さっきまで猛と並んで座ってテスト勉強していたローテーブルには、飲みきれなかったオレンジジュースが、そのままになっていた。胸がいっぱいで、ジュースさえノドを通らなかったのだ。


瑠美と猛は、幼稚園からの幼なじみだ。母親どうしが近所住まいの友人だったことから、2人はいつも一緒に遊ぶようになった。

小学校と中学校は、同じ近所の公立学校に通った。2人の成績は、小学校までは大差なかったのに、中学に入ってから、瑠美は猛に差をつけられるようになった。ぐんと難しくなった理数系の科目を中心に、テストの点数では猛に勝てなくなったのだ。

だから、高校は別々になると瑠美は思っていた。猛の成績なら、難関大学への進学率も高い私立の有名校だって狙えただろう。けれど、実際に猛が選んだのは、瑠美と同じ地元の公立高校だった。

じつは、中学3年のときの担任には、瑠美の成績では、その公立高校にさえ合格するのが難しいと言われていた。瑠美がギリギリで合格できたのは、受験の前日まで猛がつきっきりで勉強をみてくれたからだ。

もしかしたら、猛が私立の有名校に行かなかったのは、あたしに付き合いすぎて自分の勉強ができなかったからなんじゃ……。

そんな不安を、思いきって猛にぶつけてみたこともあった。そのとき猛は、ひどくあっけらかんと、こう返してきたのだ。

「瑠美の勉強にかかりっきりになったからって、俺が成績を落とすと思う？　むしろ、瑠美に教えることで考えが整理できて、前よりわかるようになったんだ」

どこまで本気なのかはわからなかったが、一応、猛は自分の意志で、瑠美と同じ高校に進学することを選んだと言いたかったらしい。そんなことがあって、今、2人は同じ高校に通っている。しかも、なんの因果なのか、クラスまで一緒だ。

家が近所なので一緒に帰ることも多く、テストの前には瑠美の家で試験勉強するのが習慣になった。そんなとき、猛が夕食をともにすることも珍しくなく、そういうときは、瑠美の両親と瑠美と猛、4人家族のような図になる。

そう、猛は家族――瑠美からすれば「きょうだい」のような存在だったのだ。いつも一緒にいるのが当たり前だから、お互いを異性として見たことがない。瑠美からすれば、猛は幼稚園のときから変わらない、子どものままだ。猛は、勉強はよくできるが、少し頼りないところがあった。虫が苦手だし、高いところも登れない。昔から、そのことで友だちにバカにされることがよくあって、そのたびに瑠美が猛を助けていた。

瑠美に本当の「きょうだい」はいないが、弟がいればこんな気持ちなのかな、と、猛を見ていると思う。猛にとっても、自分は「きょうだい」みたいなものだろうと思っていたし、この関係性はこの先も変わることがないと信じてもいた。

——そのはずだったのに……。

最近、瑠美は、猛のことを妙に意識するようになってしまったのだ。

さっきみたいに、ふいに猛の顔が近づくと、体温が上がる。ついこの前までは、猛が目の前で着替え始めて上半身裸になっても、とくになんとも思わなかったのに、最近は気恥ずかしくて、そわそわしてしまう。母親の言うとおり、高校に入ってぐっと背が伸び、体全体にしなやかな筋肉がついた。運動部に入った猛は、適度に腹筋が割れ、手や腕がスジ張って、ノド仏も出て、瑠美たち女子とは、まるで違う体になっていく。

そんなふうに意識しているのは自分だけだと思うと、「目の前で着替えるのやめてよ」とは言い出せない。意識していることがバレてしまえば、きっとまた、あの勝ち誇ったかのような笑顔で、からかわれるに決まっているのだ。

それは、おもしろくない。しかし、意識していることに気づかないフリは、もうできない。それくらい、瑠美にとって猛は、これまでとは違う存在になり始めていた。

「なんなんだろう、これ……」

言葉にすると、それに反応して鼓動が高鳴るのがわかった。

——まさか、あたしが、猛のことを？

そんなはずない、と頭を振ったせいで、よけいな考えが浮かんできた。そういえば、今、猛に好きな人がいるのかどうかさえ、瑠美は知らない。

その事実が、唐突な不安を瑠美の胸に連れてきた。


翌日、試験期間に入る前の最後の部活動が終わると、2人は、いつものように一緒に高校を出た。

瑠美が急に立ち止まったのは、川沿いの土手を歩いていたときである。

「どうした？」

気づいて立ち止まり、振り返った猛を見て、瑠美は決意した。

「猛。ちょっとした賭けに付き合ってくれない？」

「賭け？　なんだよ、急に」

「あたし、今までずっと猛に勉強みてもらってきたけど、数学だけは、テストで80点以上とったことって、一度もないの。このままじゃ、教えてくれてる猛にも悪いと思ってる。だから、今回もまた80点を超えられなかったら、もう猛には迷惑かけない」

瑠美の宣言が予想外だったのか、猛は目を丸くした。

「いい点とれなかったら、もう俺から勉強を教わらないってこと？　それって本末転倒だと思うんだけど」

正論で返され、言葉につまる。瑠美が言い返す言葉を探しているうちに、猛が続けた。

「俺は、勉強を教えることは苦じゃないから、かまわないんだけどな。それに、悪いと思ってるなら、いい点とれるようにがんばれよ。本当は俺に教わるのが屈辱なんじゃない？」

きっと、いつものように瑠美をからかうための軽口だったのだろう。しかし、瑠美は押し黙ったままだった。ようやく瑠美の様子がいつもと違うことに気づいた猛が、「……瑠美？」と怪訝な声をもらす。

そんな猛を、瑠美はきりっと鋭くした瞳で見つめ返した。

「わかってる。がんばるから……だから、数学で80点以上とれたら、ひとつだけ、あたしの質問に正直に答えてほしいの」

猛がますます、怪訝な表情をする。

「べつに、いいけど……瑠美、なんか怒ってる？　……あ！」

唐突に目をみはって大声を出した猛に、瑠美はドキリとした。

――まさか、気づかれた？

「今のうちに謝っておくけど、小３のときに、瑠美の机に『モンスター・ルミ』って落書きしたのは、たしかに俺だ。ごめん！」

どうでもいい告白に、瑠美は拍子抜けしたような、ほっとしたような、複雑な気持ちになった。

それからも猛は、瑠美の試験勉強に付き合ってくれた。前より親切に教えてくれるわけでも、手を抜くわけでもないその態度からは、瑠美にいい点をとってほしいと思っているのかどうか、よくわからなかった。

一週間ほどの試験期間が終わり、週明けには採点済みの答案用紙が返却され始めた。瑠美は自分の答案が――とくに数学の答案が返ってくるのを、かつてない緊張感にさいなまれながら待った。

日本史76点。生物68点。現代文80点。英語75点。

そして、数学――82点。

奇跡だ、と思った。じつを言うと、奇跡だと思ったのは2回目だ。

1回目は、数学の試験当日。配られた問題を見た瑠美は、信じられない気持ちになった。どれも、猛に教えてもらったものと同じ解き方で解けそうな問題だったのだ。猛のヤマが当たったということなのか、それとも、見えない力が自分の背中を押しているのか。

瑠美には判断がつかなかったし、素直に礼を言うのも気恥ずかしくて、猛に点数を報告するときの口調は、思った以上に軽くなった。

「今回の数学、簡単だったよね。このあたしでも、80点以上とれるんだもん。それでさ……前に約束したよね？『数学で80点以上とったら、あたしの質問に、ひとつだけ正直に答える』って。約束は約束だから、ひとつだけ質問してもいい？」

「いいよ」

いざとなったら屁理屈をこねてごまかすかと思っていたが、猛は瑠美の予想に反して、あっさりとそう言った。「言った」「言わない」の押し問答になったら、その勢いで言ってしまおうと考えていた質問が、言いづらくなってしまった。しかし、今ここで聞けなかったら、もう二度と聞けない気がする。

「あ、あのさ……」と、必死に声が裏返らないように、瑠美は言った。

「猛って今、付き合ってる彼女とか、いるの？」

ドキドキと暴走する心臓の音が、自分で聞こえそうだった。心臓の音に邪魔されて、猛の答えを聞き逃さないように、瑠美は耳に全神経を集中させる。

しかし、返事はなかった。猛はいつもの土手を、瑠美を置き去りにするように黙々と歩いている。

もしかして、質問の意味が伝わらなかったのか。しかし、こんな中途半端な状態で放っておかれるなんて。イラッとした気持ちも少し起こったが、そんなことより、今は猛の答えが聞きたかった。

「いっ、今さらだけど！　もし、猛に彼女がいないんだったら――」

「ダメだよ」

瑠美は、すくむように言葉をのんだ。

言葉をさえぎられたことの意味を、瑠美は数秒後に理解した。告白の言葉を最後まで言わせなかったのは、猛なりの優しさだったのかもしれない。しかし、そんな優しさは無意味だ。瑠美は、泣き出したいような、その場から逃げてしまいたいような気持ちになった。

もう、もとの「幼なじみ」には戻れないだろう。「きょうだい」のように一緒の時間を過ごすことも、できなくなってしまうかもしれない。

瑠美にとって、それが最大の恐怖だった。その恐怖を追い払うためには――すべてを冗談にするしか方法がなかった。

「えっ、何がダメなの？　彼女がいないんだったら、紹介してあげようかなって思っただけなんだけど」

軽い口調とは裏腹に、涙がぽろぽろとこぼれてくる。それを猛に見られないように、瑠美は猛を追い抜いて足早に歩いた。

「そうじゃなくて！」

またしても、猛は瑠美の言葉を否定した。瑠美に追いついてきた猛が、瑠美を正面から見つめて真剣な表情になる。

「約束したのは、瑠美の質問に『ひとつだけ正直に答えること』だっただろ。さっき、瑠美は俺に、『ひとつ質問してもいい?』って質問した。俺はそれに『いいよ』って答えた。それで約束は果たしたはずだ。だから、『彼女はいるのか』っていうふたつめの質問にも、そのあとの言葉にも、俺は答える義務はない」

瑠美は緊張やショックも忘れて、ぽかんと口を開けた。

猛は何を考えているんだろう。今、そんな屁理屈を言う場面だろうか。それとも、いつもみたいに、あたしのことをからかってるんだろうか。

「それに――」

瑠美の思考を置いてけぼりにして、猛は言葉を続ける。

「さっき、瑠美が言おうとした言葉の続きは、俺から言わせてほしい」

「……え?」

そこで瑠美は、猛の雰囲気が変わったことに気づいた。こちらを見つめていた猛の目が一瞬だけ横にそれる。

再び瑠美に視線を戻した猛は、一度だけ大きく息を吸う。そして、言った。

「今さらだけど、瑠美。もし、瑠美に付き合ってる彼氏がいないなら、俺と付き合ってほしい。瑠美は俺のことを弟みたいに思ってたかもしれないけど、俺は、そんなふうに見られるのはイヤだ。――だって、瑠美のことが、好きだから」

信じられない思いで、瑠美は猛の顔を見つめた。そこには、からかうような表情も、いつもの軽い調子もない。ただひたすらに真剣な瞳が、そこに待っていた。

「ほん――」

本当に？　と尋ねようとして、瑠美は言葉をのんだ。そんなことを聞けば、きっと言われてしまう。「それは、みっつめの質問だから答えないよ」と。

それに、尋ねるまでもなかった。目の前にある真剣な瞳が、すでに、答えを示していた。

だから、瑠美はただ、小さくうなずいた。

きっと、顔が真っ赤になっているに違いない。ちょうど土手に差しかかるところだった夕陽が、その色で顔を隠してくれることを瑠美は願った。

＊

「――っていうのが、うちのお兄ちゃんと付き合うことになるまでの話だって、瑠美ちゃんから聞いた」

エミの締めくくりに、紗月が「なんだそれ！」と声を上げる。

「モリエミのお兄さん、めちゃくちゃカッコイイじゃん！　『俺から言わせて』とかヤバイ！」

「これぞ正真正銘、幼なじみが恋人になった、いい話ね。うちの親の話より、ずっと素敵だわ」

テンションの上がっている紗月と、冷静に比較している詩都花の違いが、エミにはおもしろい。エミからすれば「恋愛」の「れ」の字もなかったはずの兄の猛が、恋人の瑠美に対してそんな告白をしたという事実も、想像するとおかしくて仕方がない。

「家じゃ、ただのガリ勉で、そんなこと言うようには見えないから、ビックリだよ。たぶん、お兄ちゃん、めちゃくちゃ勇気出したんだと思う」

きっと、絶対に、確実に、猛はムリしてカッコつけたはずだ。告白した本人は、緊張と羞恥心で消えてしまいたかったに違いない。

しかし、エミは、そんな兄のことを少しだけカッコいいと思った。やっぱり男子は謎だらけだ。とはいえ、今では同じ大学に通う2人の仲は変わらず順調なようなので、妹として水を差すようなことを言うつもりもない。

頭の切れる兄に勝てる人がいるとしたら、それはたぶん、いろんな意味で瑠美しかいないのだろうから。

すれ違う想い

部活が終わって、紗月は女子バスケ部の更衣室に向かった。２学期に入ってしばらく経ち、だいぶ涼しくなってきたので、熱がこもりやすい体育館での部活も、ずいぶんとキツさがやわらいできた。とはいえ、練習用のユニフォームはかなりの汗を吸っているので、早く着替えてしまいたい。

「あっ、紗月ちゃん」

更衣室にある自分のロッカーへ紗月が向かうと、隣のロッカーの前で、チームメイトの一ノ瀬鈴が汗を拭いていた。紗月に気づいた鈴が、タオルを顔から離して笑顔を向ける。

「お疲れさま。鈴ちゃん、もうバスケ部には慣れた？」

「うん。同じクラスの紗月ちゃんがいてくれて、ほんとよかった」

鈴は、２学期になると同時に紗月のクラスにやってきた転校生だ。女子バスケ部に入部したいということだったので、クラスも一緒の紗月がいろいろと教えている。

前の高校でもバスケ部だったという鈴は、基本がちゃんとできていたので、練習でおくれをとることはないし、活発で、人見知りしないタイプでほかの部員ともすぐに打ち解けた。鈴の性格は、紗月に少し似ていたから、2人があれこれと話すようになるにも時間はかからなかった。

「あ、着信が入ってる」

ロッカーに入れてあったスマホを手に取り、紗月がつぶやくと、すかさず鈴が猫のように目を光らせる。

「彼氏？」

「うん。この時間は部活中だって言ってあるのになぁ」

言葉とは裏腹に、紗月の声は軽やかだ。とたんに鈴が、ニヤリと唇を三日月の形にした。

「なに、その顔？」

「えー、だって紗月ちゃん、ほっぺたユルんでるじゃん。ラブラブですねぇ」

完全にからかい口調になった鈴が、むふふ、とこぼしながら口を押さえる。少し照れたように、紗月は乱暴に髪の汗をタオルでぬぐった。

「そんなこと言って、鈴ちゃんはどうなの？」

「わたし？」

「彼氏。前に話したとき、いるって言ってたよね？」

「あぁ、うん。遠距離恋愛なんだけどね」

鈴の口から出た単語に、紗月の耳がピクリと動いた。

遠距離恋愛。当然、その言葉の意味は知っている。しかし、実際にまわりで遠距離恋愛をしているという話は聞いたことがない。自分たち高校生なら、それがふつうだと思う。だから、同い歳の鈴が遠距離恋愛中だと聞いて、かなり驚いた。こんなにおいしそうな話を、詳しく聞かずにはいられない。

「えっ、どんな人？　転校する前から付き合ってたってこと？　じゃあ、転校するの、つらかったんじゃない？」

「待って、紗月ちゃん、落ち着いて……」

質問攻めをしてくる紗月から、鈴は反射的に距離をとった。目をキラキラさせて迫ってくる紗月は、もう、とっくに着替えることを忘れている。

話すまで解放してくれないだろうな、と思いながら、鈴は口を開いた。それに、あのときのことは、じつは鈴も誰かに話したかった。

＊

高校１年生の５月。鈴は、登校に使っているバスの中で、同い歳くらいの男子高校生を見かけた。すらっと背が高く、手足も長い。お年寄りを見て、不器用に席を譲る姿が印象的で見ていたら、同じ高校の制服を着ていることに気がついた。うちの学校にも優しい男子がいるんだな……と、その日以降、バスでその男子生徒を見かけるたびに、鈴は彼を目で追うようになった。

夏休みに入ってからも、鈴はバスケ部の練習で、平日のほとんどを学校に行っていた。ふだんと違って、名前も知らない彼がバスに乗ってこないのを、なんとなく寂しく思っていたある日、思いがけないことが起こった。いつものバス停で、彼が乗りこんできたのである。

彼も今日、部活があるのかな？

制服姿だった彼は、高校の前でバスを降りた。鈴も当然そのあとに続き、そして、自分もバスを降りた直後に、思いきって彼に声をかけたのだった。

彼は陸上部で、夏休みに入ってからは、もう1本早いバスを使っていたのだが、今日は朝練の開始時間が遅くなったのだと教えてくれた。クラスが違うせいで、今までお互いのことを知らなかったが、学年が同じだとわかった2人は、それ以降、バスでも話をするようになった。話しているうちに鈴は、笑った彼の右の頰にだけ、えくぼができることに気づいた。校内で見かければ、挨拶もする。言葉を交わす機会がだんだん増えていき、2学期の終わりころには、帰りのバスも一緒になることが増えた。

そして2人は、付き合うことになった。

最初に声をかけたのは鈴だったが、交際を切り出したのは彼――井川光輝のほうだった。不器用だけど誠実な光輝の告白を聞いたとき、鈴は、数年分の運を使いきったんじゃないかと思った。あのとき、バスを降りて話しかけた勇気が報われたんだ、と鈴は今でも、あのときの自分をほめてあげたくなる。

一緒に過ごせば過ごすほど、鈴は、どんどん光輝のことを好きになっていった。

交際は順調に続き、２人は、高校2年生になった。またしてもクラスは別だったが、それでも鈴に不満はなかった。

ささやかかもしれないが、十分すぎる幸せを、鈴は噛みしめていた。ずっと一緒にいたいという思いが、どんどん、どんどん、ふくらんでいった。だから、ふくらみきった幸せが破裂するときの衝撃は、鈴を不幸のどん底に突き落とした。もっとも、それを不幸だと感じたのは、家族のなかでは、鈴だけだったかもしれない。鈴の父親の急な転勤が決まったのである。それは、出世をともなう栄転であった。しかし、転勤先は県外。同じ高校へは通えなくなる場所だった。

「鈴の学校のこともあるから、夏休みに入ったら、すぐに引っ越そうと思うんだ」

「待って、勝手に決めないで！　転校なんて絶対イヤ!!　転勤するなら、お父さんが単身赴任すればいいじゃない！」

とっさに鈴が叫んだ言葉は、父親よりも母親を傷つけたらしい。

母親は、「家族は一緒にいるべき」というタイプで、今回の転勤の話でも、父親だけを単身赴任させるなんていう考えは、まったくないようだった。

だから、鈴が言い放った言葉は、母親に大きな不安感を与えた。鈴がこんなことを言い出すなんて、家族の結束力が揺らいでいる証拠だ。ますます離れてはいけない。「転校したくない」という思いを語れば語るほど母親はかたくなになって、家族が同じ屋根の下で暮らすことの大切さを説いた。

結婚したら、お父さんとお母さんみたいな仲のいい夫婦になりたいと思っていたのに。その仲のよさが、自分の恋を邪魔するなんて、こんなひどい皮肉って……。

結局、鈴の涙では、母親を説得することはできなかった。

引っ越しが決まったことを鈴が報告すると、光輝は息をのんで、しばらく言葉を見つけられないようだった。

「そっか……」「そうなんだ……」と、細くつぶやくばかりの光輝に、鈴のほうは「うん……」としか答えることができず、会話にならない。

これまで毎日のように顔を合わせていた分、会えなくなることが、うまく想像できない。離れてしまったら、自分は光輝を忘れてしまうだろうか。そんなことは絶対にあり得ない。では、光輝は？　光輝も同じだと思いたい。でも、本当にそうだろうか。光輝の心は自分から離れてしまうかもしれない。自分ではない別の誰かを、好きになってしまうかもしれない。そんなことになったら耐えられない。そんなことにはならなかったとしても、そんなことに疑心暗鬼になることに耐えられない。自分は、自分が思っている以上に、光輝のことが好きだったんだ。離れることが決まった今になって、鈴は思い知らされた。

わたしたち、別れることになっちゃうのかな……。

そんな考えが頭をよぎり、いよいよ、じわっと視界がにじんだときだった。

「大丈夫だよ！」

ずっと言葉が出なかったせいで、音量がうまく調整できなかったのか、ひときわ大きな声で光輝が言った。びくりと震わせた鈴の肩を、光輝が正面から両手でつかむ。とまどう鈴の潤んだ瞳を、光輝は意を決したようなまなざしで見つめた。

「鈴が、遠くへ行っても、俺は鈴のことが好きだ。ずっと好きだから、だから、大丈夫だよ」

遅れて、先ほどよりもひどく視界がゆがんで揺れて、鈴は初めて光輝の前で泣いた。鈴の涙が止まるまで、光輝はずっと肩をなでていてくれた。

夏休みに入ってすぐ、鈴は引っ越した。引っ越す当日には光輝が家の前まで見送りにきてくれて、今度は母親ではなく父親が傷ついたような顔をしていたのだが、そんな父親を気づかうつもりなど、鈴には、これっぽっちもなかった。

「俺、ずっと鈴のことが好きだからさ」

光輝が右頬にだけえくぼを浮かべて、そう言った。

鈴は、手を振って送り出してくれた光輝の笑顔だけを、しっかりと目に焼きつけていた。寂しいとき、悲しいとき、つらくなったとき……いつでもすぐに思い出せるように。


鈴の不安とは裏腹に、光輝との交際は、それからも順調に続いた。引っ越し直後から、「今日、こんなことがあった」と、電話やメッセージで伝え合うことは、2人の日課になった。しかし、一方で、苦しさも募った。

「会えない時間が想いを育てる」という言葉を聞いたことがある。そのとおりだ、と鈴は思った。会えない分、会いたいという思いが強くなるからだ。電話越しの声じゃなくて、直接、会って声が聞きたい。電話やメッセージでは見えない顔が見たい。手をつないで歩きたい。わざと、バスに乗り遅れて1本の傘で一緒に帰った、雨の日みたいに。

そんなことを考えていた鈴は、あるとき、はっとした。気づけば夏真っ盛りの8月に入っていて、あの日まで、あと3日になっていたのだ。ちょうど1年前、部活の練習に向かうバスの中で光輝に話しかけた日まで……。

鈴にとって、あの日こそが、2人にとってもっとも重要な日だった。おそらく光輝は、「初めて会話をした日」なんて覚えていないだろうけれど、鈴にとっては、2人の誕生日とクリスマス、付き合い始めた記念日以上に大切な日だ。

——光輝に会いにいこう。

3日後、鈴は貯金箱をひっくり返して、電車に飛び乗った。県境を何度か越える移動にかかる交通費は、高校生の鈴にとって、けっして少ない額ではない。それでも、光輝に会えるなら少しも惜しくはなかった。

去年、初めて2人で迎えた鈴の誕生日に、光輝はサプライズを用意してくれた。鈴のスマホに友人から電話がかかってきて、少しだけ席をはずし、やり取りを終えて戻ってくると、さっきまで鈴が座っていたイスに、赤いバラを1本持ったウサギのぬいぐるみが座っていたのだ。

「夜7時に店を予約してるんだけど、8時前には食べ終わってると思うから、8時5分前に鈴に電話してくれない？　誕生日おめでとうとか、そんな感じで。8時ちょうどにケーキを持ってきてもらうように店員さんに頼んであるから、時間ぴったりにお願い」

あとで、鈴は、友人に、光輝からそう頼まれたと聞いた。

光輝はスマートに女子に接するようなタイプではない。だから、本当は、そんなベタな演出は照れくさいだろうに、わたしのためにがんばってくれたんだ……。

キュンとした鈴だったが、光輝自身は、そんなことは一言も説明してくれないので、鈴も何も言わなかった。

そんなことがあったから、今度は自分がサプライズしようと、鈴は決めた。県をまたいで、はるばる電車で会いにいくことを、光輝には伝えずに出発したのだ。

光輝が家にいるだろうことは、昨日の電話でそれとなく確認してある。「両親が出かけるけど、大切な荷物が届くからずっと家にいなくてはいけない」と言っていた。ということは、光輝の家のチャイムを鳴らして、宅配業者か何かのフリでもして玄関に呼び出せば、劇的な再会となるに違いない。

光輝は、どんな顔をするだろう。驚くだろうか。喜んでくれるだろうか。ドラマやマンガでかわいいヒロインがやってるみたいに、少し首を傾けてはにかんで、「来ちゃった」なんて言ってみようか。それから、それから――

どんどん加速する気持ちを、なんとか抑える。けれど、体は抑えきれずに、バスを降りたとたん、鈴は走り出した。引っ越してから数週間しか経っていないのに、数ヵ月ぶりに訪ねた町にいるようだった。光輝とも、もう何ヵ月も会っていない気がする。光輝も、同じ気持ちでいてくれるだろうか。

光輝の家の前に立ったとき、鈴の胸は、結果発表前のドラムロールのように、早く小刻みに打ち鳴らされていた。緊張しているからか、走ってきたせいなのか、自分でもよくわからないまま、息を整える時間を少しだけおいて、チャイムを押す。

光輝の声で答えがあったら、できるだけ太い声で「お荷物です」と言おう。そうしたら光輝が受け取りに出てきて、きっと素敵なことになる。だから、早く、早く、早く!!

しかし、いつまで待っても「はい」という答えは聞こえてこなかった。聞こえないところにいるのかな？　もしかしたら、寝ているのかも。もう１回鳴らせば、起きるかな？　そう思って、もう一度。三度目の正直で、もう一度、と続けて押してみるが、返ってくるのは沈黙ばかりだった。

チャイムが故障しているのかな……。それとも、留守？　１日中家にいるって言ってたのに、どうして？　ちょっと出かけているだけ？　それとも病気か、事故？　家族が誰もいないって言っていたから、まさか、ひとりで苦しんでいるのでは……。

バッグからスマホを取り出した鈴は、迷うことなく光輝に電話をかけた。10回以上のコール音が続くが光輝は出ない。鈴があきらめて電話を切ろうとした瞬間、コール音が途切れて、光輝の低く抑えた声が聞こえた。

「もしもし、鈴？　どうしたの？」

「光輝、今どこ？」

えっ、と電話のむこうで光輝の声が固まったように思えた。うしろめたいことがあるのか、と疑う気持ちが鈴の中に生まれる。

「え、家だよ。昨日、言った気がするけど……。今日、大事な荷物が届くから、家から出られないんだ」

光輝はウソをついている。家になんかいないし、しゃべり方も、何かを隠すかのように不自然だ。光輝はなんのためにウソをついているのだろう。何かを知られないようにするため。言えない秘密を抱えているため……。

――まさか、浮気？

これまで意識的に考えないようにしていたことが、この瞬間、鈴の胸の中に浮かび上がってきた。

会えずにいた間に、新しく好きな相手ができたのだろうか。電話やメールはしていても、何週間も会えなくなったことで、光輝の中の何かが変化したのだろうか。そのことを誰か女友だちに相談しているうちに、その子との間に恋心が芽生えてしまったのだろうか。それとも、そもそも、わたしが引っ越す前から誰かと……。

――そんなのイヤ！

鈴は、一年前のあの日と同じように勇気を奮い起こした。

「光輝、ウソつかないで。光輝、家になんかいないよね」

「えっ、どうして？」

「だって、わたし今、光輝の家の前にいるんだよ」

「えっ……」

「光輝、今日ずっと家にいるって言ってたから、会いにきたの。今日は、わたしにとってすごく大切な日だから、光輝に会いたかったの。わたしにウソついて、今どこにいるの？　誰かと一緒にいるの？　その人のことが好きなの？」

　言いながら、どんどん自分が傷ついていくのが鈴にはわかった。それでも、口からは光輝を責めるような言葉が、そして、目からは涙があふれて止まらない。

「ちょ、鈴——」

「もしそうなら、正直に言って？　遠距離になったのは、光輝の責任じゃない。それで光輝の心が離れてしまうのは仕方ないのかもしれないし、わたしばっかり光輝のことを好きでいても、迷惑だろうし……」

　ああ、本当の気持ちとは違う言葉が勝手に出てくる。何言ってるの、わたし!!

「鈴、遠距離恋愛になったら、心が離れてしまうのは仕方ないことなの？　俺はそんなこと思わないし、鈴にも思ってほしくないよ」

鈴を落ち着かせるためか、光輝は、ゆっくりと、そして冷静な口調で言った。そして、しばらく沈黙(ちんもく)し、何かを理解したように言った。

「あー、でもゴメン。やっぱり俺がいけなかった。……きちんと言っておくべきだったか……」

電話のむこうでは、光輝がつぶやいている。鈴には意味がわからない。

もしかして、ほかに好きな人ができただけじゃなくて、まだ何かあるの……？

「光輝が言っていること、ぜんぜんわからないよ。なんで謝(あやま)るの？　やっぱり――」

「今、俺、鈴の家に向かっているところだよ」

は？　と、今度も意味がわからなくて、鈴は思考を停止させた。ラチが明かないと思ったのか、今度は、ややイラ立ちを含んだ声で光輝が言う。

「だから、引っ越し先の、鈴の家に向かっているところ！　俺も、鈴に会いたいと思ってきたんだよ」

「え、そんな……なんで？」

鈴の途切れ途切れの言葉を聞いて、それは……と、光輝もまた言いにくそうに声をくぐもらせた。それでも、自分が何か言わないかぎり、沈黙が永遠に続くとでも思ったのだろう。次に聞こえてきた言葉は、覚悟を決めたという口ぶりだった。

「だって……今日は、俺たちが初めて出会った、大事な日だから」

一瞬、理解が追いつかなかった。光輝の口にした一言一言が、遅れて少しずつ鈴の頭に浸透していく。

最後の言葉がじわりと染みこんで、ようやく、何を言われたのかわかった。

「光輝、あの日のこと覚えて……」

「そりゃあ覚えてるよ！」

心外だと言わんばかりの大きな声が、電話から聞こえてきた。

「だって光輝、記念日とかには興味ないんだって思って。誕生日とか、クリスマス以外は無頓着だから……」

ひどいなぁ、という声に苦笑がまざる。それを機に、おかしくなってきたのか、いよいよ声が笑いをこらえて震え始めた。

「俺たち、同じこと考えてたんだね。大事な日だから会いたくなって、せっかくだからサプライズで行って、驚かせようって。まあ結局、2人とも大失敗しちゃってるけど」

そう言って、光輝が声を上げて笑い始める。その楽しそうな声を聞いているうちに、鈴の心もほぐれてきた。ああ、きっと今の光輝の頬には、ひとつだけ、深いえくぼが浮かんでいるに違いない。

気づけば、光輝の笑い声と鈴の笑い声が重なっていた。

「会いたいな」

「会おうよ」

その声までが重なって、つい先ほどまで抱いていた疑いは、すっかり鈴の胸から溶けて消えていた。

「じゃあ、2人の家の、ちょうど真ん中で会わない?」

「俺も、そうしたいと思ったんだ。今からだと、それが一番、早く会えるもんな」

今度も考えていることが一緒だったことに、鈴は安心する。

バス停までの道を小走りに戻る足取りは、来たときの何倍も軽かった。

＊

ぽっかりと口を開けた紗月を見て、鈴はにっこりと表情をほころばせる。

「光輝とは、それからずっと順調。じつは今週末も、約束してるんだ。交通費でお金がかかるから、おいしい食事も、ショッピングもないデートだけど、でも、会えるだけで十分！」

弾む声でそう言って、鈴がバタンとロッカーを閉める。紗月は、鈴の話を聞いて感じた素朴な疑問を口にした。

「大好きだった光輝くんのこと、『浮気をしているんじゃないか』って、疑っちゃったんだよね？心のどこかで、そういう不安があったってこと？　それとも、遠距離恋愛は、それだけ難しいってこと？」

「うーん、わからない。わたしだって、自分があんなに取り乱してしまうなんて思ってなかったし……。疑ってたっていうことはないけれど、好きな気持ちが強くなるほど、光輝と離ればなれになる不安も強くなっているんだろうね。でも、そんな不安を恐れていたら、人を好きになれないよね。わたしは、何も怖がらずもっと光輝を好きになりたい。今は、そう思ってる」

紗月には、遠距離恋愛も、「好きなのに離れる」という経験もしたことはない。

もし、そういう状況になったら、自分は何を感じ、どう行動するのだろうか。それは、ある意味では、とても興味のあることでもあった。

他人の恋愛話がこんなにおもしろいのだから、「自分が主人公の自分の物語」は、もっとおもしろいに違いない。

肉食系男子、草食系男子

うちの女子バスケ部の恋愛偏差値って、けっこう高いんじゃない？

紗月がそんなことを口にすると、同じような感想が隣から聞こえてきた。

「けっこう、胸きゅんエピソードを聞くよ、女バス」

ほわんとした口調でそう言ったのは、エミだ。

「鈴ちゃんって子もそう。最近、あまり聞かない、いい恋バナだよね」

エミに同意を求められた詩都花も、「そうね」とうなずいた。

一ノ瀬鈴は紗月と同じクラスのバスケ部員だ。女子バスケ部には、おいしい恋愛エピソードがゴロゴロ転がっている。

「鈴ちゃんもがんばったんだろうけど、やっぱり、男子が積極的にならないとね」

紗月の言葉に詩都花とエミが、たしかに、というふうにうなずく。

「そうだねー。微妙に失敗してるけど、鈴ちゃんの彼氏も、積極的に遠くから会いにきてくれたんだもんね」

「そう言えば！」

紗月が何かを思い出したのか、話を断ち切るように食堂のテーブルを強く叩く。

「うちの部長の、これまたいい話を仕入れたんだよ。今日は時間がないから、今度、詳しく話してあげる。楽しみにしてて」

「えー、紗月ちゃん、意地悪だな。どんな話かだけでも教えて！」

エミが、大げさなほどの不満顔をする。

「まあ、簡単に言うと、肉食系男子のストレートな愛情表現に関するエピソードかな」

「なんか、わかるようで、ぜんぜんわかんない。とくに、肉食系男子って、あたしは、ちょっと苦手だから……。でも、そういうタイプを好きな女の子って、けっこう多いよね」

「まぁ、なんだかんだ言っても、ぐいぐい引っ張ってほしいもん、女子は。人気だよ、肉食系男子は」

紗月が頬杖をついたままの姿勢で、ぼんやりそう答えたときだった。

「宮野さん」

紗月を呼ぶ声に、詩都花とエミも紗月と同じ方向に顔を向ける。そこには、メガネをかけた、ヒョロッとした体格の男子生徒が無表情で立っていた。

「あ、お疲れさまー、有澤」

「今日の日直って、宮野さんだよね。先生から伝言。手が空いてるときに、帰りのホームルームで配るプリント、配りやすいように6枚組にしといてだって」

「えー、めんどくさいなぁ……」

「仕方ないでしょ、日直なんだから」

紗月から、「有澤」と呼ばれた男子生徒は、どうやら紗月のクラスメイトらしい。淡々と伝言する間、その表情に変化はなかった。メガネの奥の瞳は大人びているようにも、けだるそうにも見える。

「わかったー、了解。ありがと」

ひらりと紗月が振った手を見て、無言できびすを返した有澤に、紗月は少しだけ意地の悪い表情をして声をかけた。

「有澤って、思いっきり草食系だよね？　そんな有澤に、ちょっとためになる情報を教えてあげよっか？」

　いったい何を言い出すんだと焦ったのは、詩都花とエミである。紗月がこの有澤という男子とどれほど親しいのかは知らない。それでも、有澤のまとう雰囲気は、紗月の軽口を受け入れてくれるようには、とうてい思えなかった。

　そんな2人の心配をよそに、紗月は極秘情報を伝えるような小声でささやいた。

「今は、女の子には、肉食系がモテるらしいよ」

「……」

「有澤も、なってみれば？　肉食系男子。髪型を変えて、言葉づかいとふるまいを少しワイルドにすれば、わりとイケると思うんだけどなー」

　詩都花とエミは、内心ハラハラだった。こんな失礼な言葉をかけたら、怒られても文句は言えない。いや、紗月のことだから、むしろ、怒らせたいのかもしれない。紗月は、自分自身が思ったことをストレートに表現するタイプだから、他人にも同じことを求めるフシがある。もしかしたら、この有澤という男子の感情的になった姿を見てみたくなったのかもしれない。

しかし、有澤は、そんな挑発には乗ってこなかった。

「僕は、このままでいいよ」

有澤の、無感情な一言が、彼の怒りを表しているようにも思えた。やっぱり腹も立てたくなるよね、と、詩都花とエミが首をすくめたときだった。

「だって、女の子は可憐な花なんだから、男が肉食系になる必要はないよ。植物のことが好きなのは草食系だろ?」

は? と、両目をまん丸にした紗月を見て、有澤が口をきゅっと結んだ。詩都花たちには、それが有澤なりの笑顔に見えた。そのまま、くるっと背を向けて、悠々と食堂を出ていく有澤を、紗月はあっけにとられながら見送り、悔しそうに目を細める。

「なんか、ちょっと見直しちゃった。有澤のこと……」

珍しい紗月を見た。詩都花とエミはこっそり顔を見合わせ、小さく笑った。

星の数ほど

俺の人生、もうおしまいだ。裕一は本気でそう思った。

裕一が千草に一目ぼれしたのは、中学校に入った直後だった。

――こんなにかわいい子は見たことがない。

それからずっと、裕一は片想いし続けた。

片想いをすると、「楽しさ」と「苦しさ」が交互にやってくる。千草のことを考えている間は楽しいが、もしも誰かと付き合い始めたら……という方向へ想像が向かうと、心臓を握られたらこんな感じだろう、というような苦しみがやってくる。

誰とも付き合ってほしくない――。その願いが強い想いに変わった裕一は、千草に想いを告白した。気づけば、出会って丸1年も片想いし続けていた相手は、驚くことに、裕一の言葉に「じつは私も……」と顔を赤らめた。

千草は千草で、裕一に想いを寄せていたが、裕一が話しかけてくれることもなかったので、「脈なし」だと思っていたらしい。裕一としては、緊張して声もかけられなかっただけなのだ。すれ違いの恋とは、まさにこのことである。

遠回りにはなったが、こうして2人は付き合い始めた。まだ幼さの残るころに芽生えた恋心は、時間を経て冷めるどころか、同じ高校に通うようになって、ますます熱くなった。

裕一は思った。高校を卒業して大人になったら、千草と結婚しよう。

しかし、恋の終わりは唐突にやってきた。

「ごめん。私もう、裕一とは付き合えない」

高校生活最後の冬も終わろうというころ、千草から突然、別れを告げられたのである。

「どうして急に!?」と裕一が迫っても、千草は、「このまま一緒にいても何も変わらない気がする」とか「裕一といても、ときめかない」とか、裕一にはとても納得できない理由ばかりを、モゴモゴと並べるばかりだった。

いっそ、自分に非があるとか、ほかに好きな人ができたとかいう明確な理由があれば、裕一が反省するなり話し合いするなりで解決できたかもしれない。しかし、どこがいけないのかわからないものは、修復も改善もできはしないのだ。

理由のよくわからない一方的な通告だったが、結局、裕一は千草を引き止めることができなかった。


「ひどい話だな……4年も付き合ってたのに」

「4年半だよ!」

雅史の言葉を、裕一は逆ギレするような口調で訂正した。

幼なじみの雅史とは、昔からなんでも話す仲だ。千草に別れを告げられたことも、その理由にまったく心当たりがないことも、裕一はつぶさに報告した。格好が悪いとは思わなかった。むしろ、誰かになぐさめてほしかった。

「なんで千草は『別れる』なんて言うんだよ……。俺、これからどうすりゃいいんだ……」

頭を抱えた裕一の肩を、雅史ははげますように軽く叩いた。

「同情はするけど、失恋したくらいで、そんな、この世の終わりみたいな顔をするなよ。おまえ、ちょっと強面だけど、顔立ち自体は悪くないし、背も高いから、そのネガティブな性格を直せばモテると思うよ。それに、女なんて星の数ほどいるんだからさ」

「こんな田舎の、どこにいるんだよ!!」

ほとんど八つ当たりのように噛みついて、裕一はますます険しい表情をした。

裕一たちが暮らしているのは、若者が遊ぶ場所などない山あいの村である。そもそもの人口が少ないうえに、何より裕一には、この村に千草以上の女性がいるとは思えなかった。

そんな裕一の心の中を読んだかのように、雅史がニヤリと、八重歯をのぞかせて笑った。

「もっと広く世の中を見ろ。こんな小さな村にこだわるなよ……東京に行けばいいだろ」

「東京!?」

「あぁ。東京に行けば、それこそ女なんて、星の数ほどいるから」

まるで悪だくみを話すかのように雅史に肩を組まれ、裕一は、一度も行ったことのない東京の街を想像した。

ネオン輝く大都会。この村は、冬場では夕方の5時を回るとすっかり暗くなってしまうが、東京は深夜でも街は煌々と明るいという。そんな眠らない街に暮らし、ずっと明かりに照らされている女性たちは、こんな片田舎の女たちとは比較にならないほど美しいに違いない。

色鮮やかな洋服に、明るく染めてセットした髪。化粧やアクセサリーで自らを美しく見せ、さらにはエステで磨きをかけた美意識の高い女性たちが、街のそこら中にいるのだろう。田舎の高校の喪服さながらな制服や、なんの飾りっ気もない髪や肌なんて、あっさりかすんでしまうくらいに。

「決めた。俺、高校を卒業したら東京に出る！」

先ほどの言葉は本気ではなかったのか、雅史は「は!?」と目を丸くした。

「おい、本気にするなよ。俺はお前を励ますために言っただけだから。だって、おまえ、春から森田さんの材木店で働くことになっているだろう!?」

「ちゃんと、おわびするよ。こんな田舎にいても、出会いはないから、俺は東京に行く。そして素敵な女性を見つけて、千草と別れてよかったと思うつもりだ」

「そんな一時の感情で動くなよ。それに、仕事はどうすんだよ。働かなきゃ食っていけないぜ?」

「東京には女性だけじゃなく、仕事だっていくらでもあるだろ」

失恋のショックがそう思わせたのか、裕一は、今ならなんでもできる気がした。グズグズしていたら、絶対に後悔すると思った。幸せになりたかったら、自ら積極的に行動を起こすしかないのだ。

人生を変える決断を下した裕一は、親友が啞然としていることなど気にせず、まだ見ぬ東京の街に思いを馳せた。


高校を卒業した裕一は、宣言通り、単身上京した。そして、四畳半の安いアパートを借り、レストランのアルバイトを見つけて、働き始めた。

東京には、裕一が想像していた以上に、美しい女性があふれていた。買い出しで街を歩いていても、休みの日に洋服店に行ってみても、移動のために電車に乗っているときだって、はっとするような容姿の女性が必ず目にとまる。それは、裕一が勤めるレストランも例外ではなかった。

裕一に仕事を教えてくれた先輩ウエイトレスも、その一人だ。彼女は、大学生のアルバイトながら、都会らしい洗練された美しさをもっていた。初めて出会ったときには、「美人のオーラ」というのはこのことか、と裕一はその顔を数秒間、ぽーっと見つめてしまった。それ以降、裕一は、無意識に智美というその先輩ウエイトレスを目で追いかけるようになってしまった。彼女に比べたら、あれだけ好きだった千草も、まるで垢抜けない田舎娘だ。

一緒に働いているうちに、裕一は、自然と智美と仲よくなった。そして、職場の先輩・後輩という関係から、友人くらいにはなれたかな、と裕一がそわそわし始めたころである。

「ねぇ、裕一くん。よかったら今度の休み、一緒に映画でも観にいかない？」

「え？　俺と？」

「もちろん。仕事が休みなのに、遊んでくれる友だちもいなくて、寂しいなって思ってたんだ。どう？」

「も、もちろん、喜んで!!」

それは、裕一がレストランで働き始めてから、わずか一ヵ月後のことだった。


それがキッカケで、智美とはよく遊ぶようになった。東京生まれの東京育ちという智美は、ファッションだけでなく、ちょっとした仕草や言葉づかいにも、都会らしい輝きがあった。少なくとも裕一はそう感じた。そして、智美が紹介してくれる彼女の友人たちも、みんな、同じ雰囲気をまとっていた。

――やっぱり、東京というところはすごい。あの村を出てよかった。

智美と映画に行ったり、買い物に付き合ったり、オシャレなカフェでくつろいだりという夢のような日々のなかで、裕一は、つくづくそう思った。

俺は、智美に告白するべきなんだろうか。2人で遊ぶようになってから数ヵ月が経ったころから、裕一は毎日のように自問していた。恋人のようによく連絡を取り合い、2人で遊びに出かけ、お互いの過去の話だってしているが、告白して恋人どうしになったわけではない。

そういうことは、男の俺から言わなくちゃ、という思いもあったが、裕一は告白にためらいもあった。高校のとき、雅史と一緒に観た映画――それは、東京が舞台の、男子高校生にとってはとても退屈な恋愛ものだった――に出てきた男女が、特別な言葉を伝え合うこともなく自然な流れで恋人になっていたのが記憶に残っていたからだった。

東京では、告白なんかしたら「ダサい」と思われるのかもしれない。「え、わたしたち付き合ってたんじゃないの!?　今さら、なに言ってるのよ」と言われでもしたら……。自分が恥ずかしいだけではなく、相手に恥をかかせてしまうかもしれない。そうだ、これだけ親密なんだから、付き合っていると思って間違いはないはずだ。智美に告白するのは、よそう――。

裕一が、そう結論を出した数日後、裕一たちの働くレストランに、ひとりの男性客がやってきた。

「いらっしゃいま――」

「みっくん！　来てくれたんだ！」

裕一の声をさえぎったのは、智美だった。ぽかんとする裕一の前で、智美はやってきた男性客にくっつかんばかりに近づき、いつもより高い声で対応し始める。やけに親しげなその態度に――そもそも開口一番に「みっくん」と呼んでいたことに――裕一の胸はざわついた。

「智ちゃん。さっきの男の人って、誰なの？」

男性客が帰ったあと、裕一は智美に尋ねた。すると智美は、たっぷりのまつげに縁取られたまぶたを何度かパチパチとして、なんでもないふうに答えたのだ。

「えっ、みっくんのこと？　言ってなかったっけ。彼氏だよ。カッコイイでしょ？　もうすぐ、付き合って半年なの」

うふふ、と智美に笑われて、裕一は顔の表面が一瞬にして凍りついたように感じた。

「彼氏、って……待ってよ。俺たち付き合ってたんじゃなかったの？」

「え？　ちょっと、なに言ってるの？」

質問に質問で返されて、裕一はとまどった。

「だ、だって……映画とか買い物とか、俺たち、何度もデートして……」

「あれは、ただヒマだから遊んでただけじゃない。そんなのふつうのことでしょ。そんなことで恋人面されてたら、たまったもんじゃないわ。あなたは単なる職場の同僚。そもそも、わたし、告白された？　それでよく、付き合ってるとか思うわね」

そんな……という思いは、はたして声になっていたのか、なっていなかったのか、裕一にはよくわからなかった。

「それは、智ちゃんに恥をかかせたらいけないと思って……」

「は？　なんでわたしが、恥をかくことになるの!?　はぁ……わかった。勘違いさせてたならゴメンなさい。もう2人で会うのはやめましょう。これからは、ただの同僚だから、仕事のこと以外は話しかけないで！」

そう冷たく告げて、智美は仕事に戻っていった。立ち去り際、智美が小さな声で、「だから田舎者は……」とつぶやくのが聞こえた。すらりと伸びた背中が視界から消えて、ようやく裕一は自分がフラれたのだということに気がついた。恋人だと思っていたのは裕一の独りよがりで、実際には、恋人未満でも、恋人候補でもなかった。

それどころか最初から彼氏がいたなんて、自分は、とんだピエロではないか。

裕一は、またしても失恋のショックを味わった。

それからもアルバイトは続けたが、智美と顔を合わせることが日増しに気まずくなり、結局、あの手痛い言葉をもらってから2週間と経たないうちに、裕一はレストランを辞めた。智美に拒絶されただけではなく、東京という街に拒絶された気持ちになった。

仕事を替えたあとも、出会いはたくさんあった。しかし、さまざまな女性と出会えば出会うほど、裕一の心にはむなしさが募ってゆくばかりだった。

優しく近づいてくる女性と付き合い始めたら、いつの間にかその女性が消えて、大金をだまし取られたこともあった。

交際している女性が浮気をしている証拠をつかんで問いつめたら、「私、結婚していて、あなたのほうが遊びなの」と言われたこともあった。

純朴で、コツコツとお金を貯めていた裕一のもとには、たくさんのキレイな女性が近づいてきたが、その誰とも幸せな恋愛をすることはなかった。

「俺、なんでこんな街にいるんだっけ……」

ある夜、ぽつりと裕一はつぶやいた。

底なしのむなしさが、裕一の心に募ってゆく。あれほど憧れた東京の街。来たころは華やかに見えたネオンの明かりに温度はなく、今はただ、目にうるさいばかりだ。颯爽と街を歩く人々も、洗練されたように見えて、じつはただ、余裕もなく足早なだけに感じられる。最新モデルの車が走り去る音も、どこからともなく漂ってくる外国の料理のにおいも、街中に響いているアップテンポの音楽も、何もかもがただただ鬱陶しい。

ドンッ、と誰かが裕一の肩にぶつかった。ぼんやりと歩いていた裕一は、地面に尻もちをついてしまった。チッ、と聞こえたのは、ぶつかった誰かの舌打ちだったかもしれない。その誰かは立ち止まることも謝ることもなく、ガスにかすんだ都会の雑踏にまぎれていった。裕一は立ち上がることもなく、のろのろと顔を空に向けた。

そこには、ビルに囲まれた窮屈そうな空があった。それが夜空か昼空か、とっさにわからなかったのは、まわりに満ちたネオンが不自然に闇を彩っていたからだ。

時刻は、夜の10時を回ろうとしている。田舎の空には降るほどの星がまたたいている頃合いだろう。

――東京に行けば、それこそ女なんて、星の数ほどいるから。

ニヤリと笑ってそう言った、親友の顔を思い出した。

たしかに、東京にはきれいな女性はたくさんいた。田舎とは比ぶべくもない。しかし、お金に地位に、高価なモノたち――誘惑や思惑や下心という、目のくらむほど強烈な光が都会には満ちていて、その中にどっぷりとつかった人々は、裕一の目には少しも魅力的に映らなくなっていた。

まるで、主張の激しいネオンにのまれて、夜空の星が自然な輝きを失ってしまったのと同じように。

「雅史、『東京には、女なんて、星の数ほどいる』って言ったよな。星なんて、ないよ。東京じゃ、星なんて見えないよ……」

目障りなネオンがじわりとにじんで、ゆがんだ。

夜になると空一面に、手ですくい取れそうなほど散らばっていた星々が恋しい。かつての恋人が、懐かしくてたまらない。

田舎の空では、小さな光の星ですら、輝いていた。でも、もう自分には、あの星たちは見えなくなってしまっているのだろうか。

＊

たまらなく懐かしい。20年近くも昔の自分を思って、裕一は苦笑した。

「演歌だね。それとも、歌謡曲かな。そうだ、昭和歌謡だ。よっ、ザ・昭和！」

たぶんこれは、励ましているのだろう。まるで、友だちに接するような口調で話しかけてくる教え子――宮野紗月を前に、裕一は、よりはっきりとした苦笑を浮かべる。

裕一には強面の自覚がある分、物怖じせずに自分との距離をつめてくる生徒は珍しく、どう対応すればいいのか困ってしまうことがある。気安く接してくるのは信頼されている証拠だとポジティブに考えることにしているが、少しは注意したほうがいいのだろうか。

「でも、そこから大学へ入り直して、数学の先生になったんでしょ？　今の奥さんとも出会えたし、よかったじゃん！　見えないけれど、星は輝いているってことだね」

「おいおい、雑なまとめ方だな」

宮野紗月の持ってきたプリントが、きちんとクラス全員分そろっているかを確認しながら、なんでプリントを持ってきただけの生徒にこんな話をしているんだ……と、裕一は自問した。

「若いころは、どんな感じだったの？」というザックリした質問なんて、適当にはぐらかすこともできたのに。

「けど、強面なのに意外と繊細なとこあるんだね。さっき友だちと、肉食系と草食系のことで話してたんだけど、先生は『アスパラベーコン男子』ってやつかな」

「なんだ、それは」

急に弁当のおかずのように言われ、裕一は眉間にシワを寄せた。子どもなら、その表情におびえてもおかしくないところだが、宮野紗月は「知らない？」と首を横に倒しただけだった。

「見た目は肉食系っぽいけど、中身は意外と草食系な男の人のことを、そう呼ぶの。逆バージョンは、『ロールキャベツ男子』ね」

不本意な評価に、ますます裕一は苦い汁を飲んだような表情になった。女子は男を食べ物に例えるのが好きらしいが、アスパラのイメージが先に立ち、なよなよした男と言われたような気がしてくる。

「でもさ」と、またフォローする口ぶりで宮野紗月が言った。

「ちゃんと奥さんっていう『運命の女性』を見つけられたんだから、ヤーさんは幸せだよ」

言いたいことは言ったとばかりに、「じゃあね」と宮野紗月がきびすを返す。そのまま職員室を出ていく背中を見つめながら、教師に対する尊敬はないのか……とあきれたが、よくよく考えたら『運命の女性』を求めて故郷での就職を蹴り、上京した自分の話に、尊敬される要素は一つもないことに気づいた。

そこまで思ったところで、裕一は、はたと気づいた。そして、立ち去ろうとする宮野紗月に向かって、思わず怒鳴り声を上げる。

「ちょっと待て！　なんだ、『ヤーさん』って!?」

しかし、軽やかな足取りが止まることはなかった。

ひとりっ子の愛情

「詩都花って、ひとりっ子だったっけ？」

天文部の活動中――といっても、その日は天体望遠鏡の手入れをするだけの日だったのだが
――一学年上の先輩、春日杏子に尋ねられて、詩都花は顔を上げた。

「はい、そうですけど……」

詩都花が答えると、杏子は「そっか」と、どこか意味深につぶやいた。

「同じひとりっ子でも、詩都花はしっかりしてるよねぇ」

そう言って、杏子がため息をつく。詩都花は首をかしげた。

「杏子先輩、弟と妹がいるって言ってませんでしたっけ？」

「あ、うん。あたしのことじゃなくて、じつは……彼氏が、ひとりっ子なの」

そう言った杏子の眉が、沸騰したお湯に入れたパスタのように、くにゃりと曲がる。笑顔で

はあるのだが、どこか疲れた表情に見えた。その疲れの原因が「ひとりっ子の彼氏」にあることは間違いないだろう。

「何かあったんですか？」

「何かあったといえばあったし、何もないといえば何もない」

「どういうことですか？」

「なんていうか……自分のために世界中の人が存在しているって勘違いしてる感じなの、あたしの彼氏。本当にあたしのこと、好きなのかな？　ひとりっ子って、そういう感じ？」

怒っているような、ノロケているような、不思議な声の調子で杏子は話し始めた。


あたしの彼氏、怜央っていって、あたしと同じ、この学校の3年なんだけど、ほんと子どもっぽいの。ひとりっ子だからか、溺愛されて育ったみたいなの。ほら、蝶よ花よってヤツ？　あっ、それ、男の子には使わないたとえか……。

まっ、それはともかく、常に自分が注目されていたい、話の中心にいたいっていうタイプなの。犬か猫かで言ったら、100パーセント犬だね。しかも、小型犬。だから、ときどき、すごく愛らしく感じることもあるんだけど……。

まぁ、だいたいのことは、「はいはい」って聞いてればいいんだけど……あたし、超マイペースな弟と、典型的な甘えんぼうの妹がいるから、怜央みたいなタイプにも慣れてるし、ある意味で、弟が一人増えたって考えればラクなんだけど……。

でも、怜央が弟や妹と違うのは、とにかくもう、「ほめてほめて」アピールがすごいの。

小テストの点数が前より上がったんだ！　オレ、がんばったでしょ？

今日、体育のサッカーで、オレがシュートを決めて、チームが勝ったんだ！

はい、プレゼント。今日、付き合って丸3ヵ月の記念日だろ。覚えてたオレ、エラくない？

オレは杏子のことが好きだから「好き」ってちゃんと言うよ。恥ずかしいからって、言えないヤツもいるみたいだけど、オレはちゃんと言えるから。

いつもは、「エライね」「すごいね」「ありがとう」って返してるんだけど、忙しいときとか、疲れてるときなんかは、おざなりになっちゃうのよ。

そうすると、ほんとすぐに不機嫌になるのよね。

「あぁ、それは……」

最後まで言わずに、詩都花は言葉を濁した。しかし、濁した部分は正確に杏子に伝わったらしい。

「めんどくさいでしょ？　でも、それくらいなら、まだ許せるんだけど。じつはあたし、一昨日まで風邪で学校を休んでたの。そのとき、怜央がお見舞いにきてくれたんだけど……」

優しいじゃないですか、と言おうとした詩都花だが、話の流れから、ハッピーエンドはあり得ないと予想できるので、無言で続きをうながした。案の定、杏子がしぼんだため息をつく。

「そのときあいつ、なんて言ったと思う？　ニコニコ笑いながらあたしの部屋に入ってきて、『具合はどう？』とか『大丈夫？』とか聞く前に、『学校帰りに、わざわざお見舞いに寄ってあげたよ』って言ったのよ！」

うわぁ……と、口にこそ出さなかったものの、詩都花は内心で盛大に声を上げた。杏子も、そのときのことを思い出したのか、身ぶりと口ぶりに熱が入ってくる。

「なに、『わざわざ』って！　たしかに、お見舞いにきてくれたのは嬉しかったけど、その一言で台なしだと思わない？　熱もあったし、そんなときに『ほめてほめて』アピールされても、イラッとくるだけ。お見舞いに来てくれたのか、ほめてもらいに来たのか、全然わかんない」

「よく付き合ってますね、先輩……」

とうとう、ノド元まで出かかっていた言葉を口に出してしまった。口に出してから、言いすぎたかと思った詩都花だが、杏子は怒るどころか、共感してくれる味方を見つけた喜びからか、

「だよね！」と、さらに熱を入れて話し続ける。

「会うたびに、『オレって、すごいでしょ？』ってアピールしてくるから、ほんと疲れる。さっきも言ったけど、そういうアピールに対して、相づちを打ってあげないと、すぐにスネたり、ふて腐れたりするのよ。そうなったら、よけいに面倒だから、結局、甘やかしちゃうんだよね」

はぁ……と、疲れたような息が杏子の口からこぼれる。望遠鏡を磨く手は、ずいぶん前に止まっていた。

「あたし、長女で、親にもさんざん、『お姉ちゃんなんだから』って言われてきたの。それは、すごく嫌だったんだけど、なんだかんだで面倒みてる自分がいて、結局、それが『自分らしいな』って思うときもあるんだけど、そんなあたしですらだよ……」

はぁ……。

ため息なのか、望遠鏡のレンズを磨くのに息を吹きかけただけのか、よくわからない。

「だったら、あたしのことは？　あたしのことは、誰がほめてくれるの？　そんなふうに思うのは、ダメなことかなぁ……」

あまりにも寂しそうな杏子を見ると、なんと声をかければいいのか、わからなくなる。自分が何を言ったところで気休めにしかならないだろうし、杏子が求めているものは、それではないと思った。

なんとなく、重い沈黙が続く。思いきって話題を変えてみようか、と詩都花が思った、そのときだった。

「杏子、まだー？　さすがのオレも、これ以上は待てないよ」

ガラガラッと部室の扉が開いて、「能天気」――いや、頭の中がからっと晴れわたった「脳天気」な声と表情の持ち主が現れた。

「怜央！」

杏子の声に、詩都花は思わず、男子生徒を凝視した。

――犬か猫かで言ったら、１００パーセント犬。

さっき杏子は、そう言った。たしかにそのとおりだ。しかし、「見た目がかわいい」という意味ではない。何が犬かと言えば、その動きだ。エサをねだる、あるいは、散歩をねだって飼い主の足もとにじゃれつく、まさに、その動きなのだ。

「そろそろ帰ろう、杏子。杏子のために、おいしそうなパンケーキ屋さん見つけておいてあげたんだから、何かオレに言うことあるんじゃない？」

そう言う怜央のおしりに、ブンブンと横に振られるしっぽがついているように詩都花には見えた。なるほど、これが「ほめてほめて」アピールか。頭をなでられるのを待っている犬と、まるで一緒だ。

怜央は、詩都花が見ていることなど、おかまいなしに杏子へすり寄っていく。

「ちょっと怜央……」

何かを言おうとする杏子をさえぎって、怜央は言葉をねじこんだ。

「そんなことより、杏子にいいこと教えてあげるよ」

杏子が疲れたような笑顔を向ける。

「さっきオレ、ほめられたんだよ！」

「へえ、そう。誰に?」

「浩太と大輔」

そう言って嬉しそうに、また怜央が見えないしっぽを振る。

どうやら、その2人は、怜央の友人のようだ。今度は「友だちにほめられたことをほめて」とでも言うつもりだろうか。おそろしいほどのほめられたい欲である。

詩都花は内心あきれたが、杏子も同じように考えているようだった。きゅっと眉間にシワを寄せている。これは、明らかに負の感情を我慢している顔だ。そんな杏子の反応を見て、怜央のテンションが落ちる――どころか、ドヤ顔になって言った。

「2人が言うんだ。『おまえの彼女は立派だよ』って」

「え?」

「『おまえみたいな「かまってちゃん」の相手を、ちゃんと、してくれてるんだからな。彼女に感謝しないと、バチ当たるぞ』って」

「そ、そうなの……」

杏子の目が、ちらりと詩都花に向けられた。どうすればいいのか困っている様子だったが、この状況で詩都花に言える言葉など、あるはずがない。

怜央の見えないしっぽの動きが、またもやパタパタパタと激しくなった。

「杏子のことをほめてもらえて、オレ、すっげー嬉しかった。オレ、ほめられるのが大好きだけど、杏子のことをほめられたのが、今までで一番、嬉しかった」

どうやら、杏子は完全に不意をつかれたようだ。

おそらく、キツい言葉を準備していたに違いない。

攻撃に意識がいってしまい、防御のことを忘れたせいで、見事なカウンターパンチが入ってしまった。とまどっている杏子の手を、はしっと、両手で握りしめた怜央が、そのままぐっと顔を近づける。

「だからオレ、ちゃんと杏子に言わなきゃと思ったんだ。オレと、いつも笑顔で付き合ってくれてる杏子は、すごいよ。オレの自慢の彼女だよ」

少しの時間をおいて、杏子の頬が桃のように淡いピンク色に染まった。

——杏子は、すごいよ。オレの自慢の彼女だよ。

怜央が心を入れ替えたのか、杏子の怒りを敏感に察知し、回避したのかはわからない。

しかし――

「だったら、あたしのことは？　あたしのことは、誰がほめてくれるの？」

そう言って、やるせなく笑っていた杏子の想いは、報われたのだろうか。

存在感を消して見守るしかない詩都花の前で、ぽかんと開けていた口を杏子は閉じた。数秒の沈黙……そして、杏子の手が、怜央の頭にそっと触れた。

「やっと、わかったかー。えらかったねぇ、怜央ー」

いい子いい子をするように、杏子が怜央の頭をなでた。なでてしまった。なでられるままになっている怜央は、ちぎれんばかりにしっぽを振っていて――なでている杏子は、変わらず頬を染めている。

詩都花は、そっとその場を退散することにした。2人は、完全に2人だけの世界にいる。すでに自分が2人の視界から消えていたとしても、その場を去るのが礼儀というものだろう。

音を立てないように少し離れたところで、くるりと2人に背を向ける。そして、そっと扉を開けて出ていこうとする詩都花の耳に、杏子のやや甘ったるい声が聞こえてきた。

「それはそうと、ついでだから教えてほしいんだけど、怜央って、あたしのどういうところが好きなの？　面倒見がいいところ？」

怜央が間髪を入れずに答える。

「うーん、たくさんあるけど、杏子の最大の魅力は、あれしかないでしょ」

「あれって何？」

詩都花が気になって振り向くと、杏子も話を聞こうと身を乗り出していた。

「杏子は、オレと付き合ってるじゃん。つまり、杏子は『男を見る目がある』ってことだろ？

それが、杏子の一番の魅力だね」

杏子の魅力を語ってくれると思いきや、最終的な着地点は自分自身になっている。詩都花は、肩から力が抜けるのを感じた。

「いや、ちょっと待てよ？　そんな魅力的な女を選んでいるんだから、『見る目がある』のは、オレなのかな？」

杏子の苦労は、きっと尽きない。詩都花はそっと扉を閉めた。

好きな人が好きな人

「ねえねえ詩都花ちゃん、ちょっと聞いて！」

朝、教室で会うなりエミに腕をつかまれて、詩都花は思わず後ずさった。

「どうしたの、エミ。そんなに興奮して……」

「お兄ちゃんから、すごい恋の話を仕入れてきたの！」

エミの口ぶりは、おもしろがっているふうにも、とまどっているふうにも、怒っているふうにも聞こえる。どっちにしても、エミのテンションがこれだけ高いのは珍しい。

「とりあえず、落ち着いて。そんなすごい話なら、紗月だって聞きたいんじゃない？　お昼まで我慢できる？」

詩都花がなだめると、エミは大きく息を吸いこみ、ゆっくりと吐き出した。

「わかった。紗月ちゃんにも、緊急召集をかける」

今日もまた、楽しい食事の時間がやってくる。

＊

エミの兄、猛は、大学の友人である香月莉菜から相談を受けた。

「あのさ……森くんって、川上くんと仲いいよね？」

「うん、まぁ。川上がどうかした？」

猛が問い返すと、とたんに莉菜の視線が落ち着かなくなった。うつむいてモジモジしている
彼女の両手は、所在なさそうにスカートをつかんだり放したりしている。

「どうかしたっていうか、まぁ、その……わかるでしょ！」

歯切れの悪さに猛が首をかしげたとき、莉菜が、スゥッと息を吸った。

「かっ、彼女とか、いるのかなって、思って……」

顔を赤らめて、そんなことを言う女子を見てピンとこないほど、猛は子どもではない。一応、
自分にも瑠美という、幼なじみから発展して3年になる恋人がいるのだ。

「いや、川上、彼女はいないって言ってたはずだよ。……あっ、そう言えば!?」

「な、なに?」

何かを思い出した様子の猛に、莉菜がおそるおそる尋ねる。いじらしいな、と猛は微笑ましく思った。だから、少しでも莉菜が自信を持てれば、と思って、前に川上から聞いたことを伝える。

「前にアイツ、『好みの女の子が、ひとつ下にいる』って言ってた」

「ひとつ、下……」

「ほら、アイツ浪人してるから、俺らより歳はいっこ上じゃん。あと、『小柄で守ってあげたくなるような感じの女の子』とも言ってたから、それが香月さんの可能性もあるんじゃない?」

莉菜は華奢で、身長も女子の平均より低く、スカートやワンピースを着ていることが多い。今日も、花柄のフレアスカートに紺色のブラウスという、フェミニンな格好だ。お世辞ではなく、川上の言っていたイメージに近いんじゃないだろうかと、猛は思う。

「うん……ありがとう、森くん」

決意した様子の莉菜に、猛が「がんばれ!」と心の中でエールを送ったときだった。

「あの……よかったら森くん、ついてきてくれない？」

予想していなかったさらなる「相談」に、「はぇ？」と間の抜けた声が猛の口からこぼれる。

莉菜は顔を真っ赤にしながら、か細い声を絞り出した。

「ひっ、ひとりじゃ不安っていうか……直前で、心折れそうだから……それに、森くんがいれば、川上くんも、へんに構えないですむっていうか…」

それは、あまりにもおかしい。自分は莉菜の身元引受人でもないのだから、と猛は思ったが、莉菜はいたって真剣らしい。もしかしたら、誰かがいることで、告白を断りづらい状況を作りたいのだろうか。川上の性格からすると、そんな状況に左右されるとは思えないのだが……。

結局、不安でぐらぐらと揺れる瞳で「お願い……」と懇願されて、猛は莉菜の頼みを引き受けることになった。


そうは言っても、告白する、そのシーンに立ち会うのは、猛のほうも気まずすぎるので、莉菜や川上からは見えない物陰から応援することにした。

相談を受けた翌日の今日、火曜日には、３人がともに履修している講義がある。２限のその講義が終わったところで、猛が川上に声をかけて引きとめる。ほかの学生たちがいなくなったところで莉菜がやってきて、猛も退室し、莉菜が告白する。猛は、それをドアの外から見守る、というか、聞き耳を立てて莉菜の告白の成功を祈る。——それが、計画の全貌だ。

３限でその教室は使われる予定はないのだが、もし誰かが教室に入ろうとしたら、それを止めるという役回りも兼ねているので、猛にはじつはけっこう重大任務だ。

講義終了のチャイムが鳴り、教授が終わりを告げるより先に学生たちが持ち物を片づけ始めた。教授が遅れて「じゃあ今日はここまで」と言い、学生が次々に教室を出ていく。大学では恒例の風景だ。

猛はあえてモタモタと片づけに手間取っているフリをし、川上を待たせた。昼食に急ぐ学生たちは、あっという間に教室を去り、今、猛と川上の２人だけが教室に残っている。

そこへ、台本どおりに莉菜が現れた。

「川上くん、ちょっと教えてほしいことがあるんだけど……」

「川上、俺、ちょっとトイレに行ってるから」

猛はそそくさと教室を出た。心の中で、「がんばれ！」と、もう一度、莉菜にエールを送った。

教室を出た猛は、閉めた扉にピタリと体を寄せ、聞き耳を立てた。あまりいい趣味ではないが、ことのなりゆきを見守っていないと、あとで莉菜に対してどういう態度をとればよいかわからない。

それに単純に興味もあったのだ。

「あ、あのさ……ひとつ、川上くんに、聞きたいことがあるんだけど……」

「ん？　なに？」

——きた！

緊張度合いの増した声が扉のむこうから聞こえてきて、猛の手にまで汗がにじむ。まだ高校生のころ、自分が瑠美に告白したときのことがよみがえり、妙に恥ずかしい気分になってきた。頭を横に振って当時の記憶をひとまず追い払った猛の耳に、莉菜の強張った声だけが聞こえてくる。

「わ、わたし……その……」

——がんばれ！　香月さん！

昨日、猛に相談してきたときのように、莉菜が、スゥッと大きく息を吸いこむ音が聞こえた。

現実的には、聞こえるはずなどないのだが、たしかに聞こえたような気がした。

「ず、ずっと前から、川上くんのことが好きでした！　よかったら、わたしと付き合ってください！」

——言った！

モジモジしていた莉菜からは想像できないような潔い告白に、猛はギュッと拳を握りしめていた。扉越しにもその必死さが伝わってくるのだから、彼女の目の前にいる川上に、想いが伝わらないはずはない。

——「ありがとう」って言え、「うん」って言え、あわよくば、「おれも好きだったんだ」って言え!!

ふたたび高校生のころの、瑠美との記憶が戻ってくる。

自分のことのように懸命に祈っていた猛の耳に、川上の落ち着き払った声が聞こえてきた。

「ごめん……おれ、好きな人がいるんだ」

莉菜に感情移入していた猛は、莉菜が受けているであろうショックを同じように受けた。

「好みの女の子」というのが莉菜のことではなかったということだろうし、「好みの女の子」が漠然としたタイプのことを言っていたのではなく、具体的な誰かのことを言っていた、ということだろう。

その可能性は十分に考えられたのに、莉菜にへんな期待をもたせるようなことをしてしまった自分の無責任さを、猛は後悔した。

「そう、だったんだ……」とつぶやく莉菜の声は、とても小さい。まるで呪いをかけられて、コビトにでもなってしまったかのようだ。もちろん、その呪いの言葉を唱えたのは川上である。

「それって、どんな人なのか、聞いてもいい？」

震える声で、莉菜が踏みこむ。猛は、「やめておけ」と言いたかった。「もう、それ以上、自分を傷つけるような質問はするな」と言ってあげたかった。でも、できなかった。川上は、どういう気持ちで、なんと答えるのだろう……。一方で、それを聞きたいと思う自分もいたからだ。

「小さくてかわいくて、ちょっと天然なところと涙もろいところがあって、だけど本当は芯が強くて、だから応援したい、守ってあげたいって思える女の子――莉菜ちゃんとは、次元が違うんだ」

最後の一言が聞こえてきた、その一瞬で、猛は我を忘れた。

「おい、川上！」

猛は、ケンカするときにだって出したことのない大声を上げると同時に、目の前の扉をガラッと開け、教室に踏みこんだ。莉菜のためではない。自分が、そんなひどいことを言われた気持ちになったのだ。

「も、森？」

大きく見開いた目を向けてきた川上のそばで、莉菜が今にも泣き出しそうな顔をしている。

今度は、自分のためではなく、莉菜のために猛は怒鳴った。

「川上、おまえ……いくらなんでも今のはひどすぎるだろ!!」

「え？『今の』って……」

「『次元が違う』とかいうやつだよ！おまえに好きな人がいて、香月さんと付き合えないのはしょうがないことだと思うよ。でも、香月さんがどんな気持ちで告白したと思ってんだよ！香月さんのこと、よく知りもしないで……ほかに、もっと言葉があるだろ!?」

友人だと思っていた川上への怒りと失望が、猛の胸にごうごうと渦を巻く。

「も、森くん……わたしは大丈夫だから……」

不穏な空気を感じたのか、莉菜が猛と川上の間に入ろうとした。そこへ、眉ひとつ動かさずに、川上がけろりとこう言ったのだ。

「そんなに怒られることか？」

「はぁ!?　おまえなあっ!!」

「『次元が違う』ってダメかなぁ？　そのまんまの意味なんだけど……」

なにやら会話が噛み合っていないことにようやく気づいて、少しだけ猛は冷静さを取り戻した。莉菜も、とまどうように、大きな瞳で川上を見つめている。

「『そのまんま』？」

そして、注目された川上は、おもむろにポケットからスマホを取り出して、なにやら操作し、画面を2人に向けたのだった。

そこには、ピンク色のカールした髪の毛に、黒目の中に星が輝いている大きな瞳の――イラストの女の子が映し出されていた。

「これ、って……」

「かわいいだろ!?　ミアちゃんだよ。トップアイドルになることを夢見ている17歳。でも、トップアイドルになるためには、いろいろなハードルがあってさ。それなのに、くじけず健気で前向きで、儚げななかにも芯のある強さを感じるっていうか、とにかく応援したくなるんだよ！」

明らかに川上のテンションが変わったことで、猛の怒りの炎はすっかり鎮火していた。見れば、莉菜もぽかんと口を開けている。自分も似たような表情をしてしまっているんだろうなと、猛はぼんやり思った。

そして、ようやく、先ほど川上が口にした言葉の真の意味を理解する。

「それじゃ、『次元が違う』っていうのは……」

「だから、おれ、今は3次元の女の子に興味ないんだわ」

「『好みは、ひとつ下』って、前に言ってたのって、もしかして……」

「ああ、次元の話だよ。3次元のひとつ下の2次元のこと。森もあのとき、『たしかに下はかわいいよな』って言って、アニメの話をしだしたから、てっきり通じてるんだと思ってたんだけど……」

猛は、めまいがしたように感じた。が、それはたぶん、気のせいではない。

川上は、まだ何かを熱心に解説してくれているようだったが、その声はまるで猛の頭に入ってこなかった。

莉菜へのフォローをどうしようかということで、猛の頭の中はいっぱいだったからだ。

＊

エミの話が終わった直後の詩都花の表情は、川上から衝撃の告白を受けたときの猛の表情と、そう変わらなかったかもしれない。

「それは……莉菜さんの恋路は、前途多難だね……」

なんとか感想を口にしてみたものの、本当にそんなことを自分が思っているのか、よくわからない。エミも同じ気持ちだったのか、「だね」と困ったように肩をすくめる。

「そうかな？」

しかし、紗月だけは違う感想を持ったようだ。

「だって、実際には、付き合っている人も、3次元での好きな人もいなかったわけでしょ。だったら、チャンスなんじゃない？　莉菜さんが、生身の人間の魅力を伝えればいいだけよ」

「莉菜さんが『百年の恋』から醒めてなければ、でしょ？　紗月だったらどうするの？」

「わたし？　そんなの、絶対に『ご遠慮させていただく』だよ！」

「でしょ？」と、詩都花が小さく笑う。

詩都花と紗月の横で、エミだけが沈んだ表情をしていた。

「男の子って、やっぱりわかんないよ」

紗月が、あわててフォローする。

「考え方を変えてみなよ、モリエミ！　男子は、全員、『5歳の男の子』なの。そう考えたら、ワガママだったり、甘えん坊だったり、バカだったりってことに、すべて納得がいくでしょ？　恋愛って、たぶん子育てに近いのよ。わたしたち女子ががんばらないと、カッコいい男子は育たないの！」

「紗月ちゃん……よくわかんないし、あたし、高校生だから、子育てとかムリだよ」

エミの切実な口調に、詩都花が、口に含んでいたお茶をふき出しそうになりながら笑った。

いつもクールな詩都花のそんな様子を見て、今度は紗月とエミが楽しそうに笑った。

おいしい、お試し期間

エミの箸があまり進んでいないことに、いち早く気づいたのは詩都花だった。

「どうしたの、エミ。食欲ないの？」

昼休みの屋上。エミのヒザの上には、手作りのお弁当が、ほとんど手をつけられていないまま残っている。春巻き、タコさんウインナー、きんぴらごぼうに、野菜入りのカラフルな玉子焼き。いつもどおり手のこんだ、華やかな手作り弁当だ。なのに、それを作った本人であるはずのエミの表情は暗い。

「食欲がなくて残すなら、わたしが……」

「どこか具合が悪いなら、保健室に……」

紗月と詩都花の声がほぼ重なった。しかし、詩都花の冷たい視線で、続く言葉を紗月は素早くしまいこんだ。

「……保健室に行く？」

心配して詩都花はそう言ったが、エミは首を横に振った。

「具合は悪くないんだけど……」

「モリエミ、わたしたちの約束は？　何か悩み事があるなら、聞くよ？」

先ほどとはまったく違う口調で紗月が言う。エミの口から小さな声がこぼれた。

「じつは——」

まさに、その瞬間——

「あー、エミちゃん！」

大きな呼び声に、エミがビクッと肩を震わせた。そのせいで、出かかっていた言葉がノドの奥に逆戻りしてしまったらしい。箸を持ったまま硬直してしまったエミに、詩都花と紗月が声をかけようとしたが、それが言葉になるよりも先に、大声でエミを呼んだ人物がバタバタと足音を鳴らして駆けてきた。

「ここにいたんだ！　うわっ、おいしそうな弁当！　これも、エミちゃんの手作り？　さすがだなぁ」

エミのヒザの上にあるお弁当をしげしげとのぞきこんできたのは、ひとりの男子生徒だった。背は、170センチくらいの、文字どおり中肉中背。明るく茶色い髪は、天然パーマなのか寝癖なのか、ところどころカールしている。イケメンというわけではないが、カッコ悪いとも言いきれない。

――っていうか……誰なんだ、コイツ。

詩都花と紗月が、まったく同じ思いを抱いたとき、顔を上げた男子生徒が2人を見た。まるで、心の声が聞こえていたかのようなタイミングに、2人そろってドキリとする。そんな心境を知ってか知らずか、男子生徒は、にぱっと人懐っこい笑顔を向けてきた。

「あ、ごめんね、ランチタイムに。すぐ、いなくなるから。じゃあね、エミちゃん。あのこと、ちゃんと考えておいてね。それじゃ、お邪魔しましたー」

口早にそう言った男子生徒が、またパタパタと足音を立てて、どこかへ走っていった。と思ったら、すぐに戻ってきて、詩都花と紗月に言った。

「ごめん。自己紹介し忘れた。僕、松島耕平、みんなと同じ2年生。2人とも無関係じゃなくなるかもしれないから、今後ともよろしく！」

そう言って、またあわただしく去っていった。嵐の襲来にぽかんとしていた詩都花と紗月だったが、「ごめん……」と小さく聞こえてきたエミの声に、はっと意識を引き戻された。

「ちょっと、困ったことになって……」

「それって、今のアレ？」

男子生徒の走っていった方向を指さしながら紗月が尋ねると、エミが、こくりと首を縦に振る。

「何か嫌なことをされてるの？」

「嫌なことっていうか、なんていうか、その……、――て、言われて……」

「え？」

聞き取れなかった詩都花と紗月が、同時にエミへ顔を近づける。ますますうつむきながらも、エミは決死の表情で、噛みしめていた唇を開いた。

「つっ……『付き合って』って、言われた……」

「ええっ!?」

「紗月、いつも声大きい!!」

無遠慮に声を上げた紗月の腕を、詩都花がたしなめるように小突く。

「さっきの、あの松島っていうのから告白されたっていうこと？」

詩都花の確認に、真一文字の唇に逆戻りしてしまったエミが、無言でうなずいた。芸能レポータースイッチの入った紗月が、身を乗り出す。

「いついつ？　いつ告白されたのっ？」

「先週の金曜日……お料理研究会の活動が終わったあと……」

「なんて言われたの？　それに、なんで早く教えてくれなかったの⁉」

「それは……」

エミが困ったように口を閉ざす。紗月は、そんなことにお構いなしに続ける。

「とうとうきたね。男子がモリエミの魅力に気づくときが。こんなカワイイ子がモテないなんて、おかしいんだから。で、どうするの？　さっきの感じだと、まだＯＫの返事してないってこと？」

「ちょっと紗月、はしゃぎすぎ。エミを追いつめないの」

ひとりで盛り上がる紗月をなだめるのは、詩都花の役目だ。詩都花に腕を引かれた紗月が、

「はぁい……」と、どこか悔しそうに、それでも大人しく、身を引く。

恋愛トークになるとテンションの上がる紗月だが、相手の気持ちを無視するようなことはしない。3人の間で決めたルールにも、「言いたいことは言うけど、過干渉は禁止」とある。

もっとも、気になって仕方ないというのが本音だから、おあずけを食らった犬のように、うずうずとしているのが一目でわかる。

「どういう人なの？　さっきの男子」

さらりとした詩都花の質問に、ようやくエミも肩から力を抜いた。

「名前は、さっき自分で名乗っていたとおり松島耕平くん。2年5組で軽音部……ほら、お料理研究会が使ってる家庭科室って、音楽準備室の隣でしょ？　だから、むこうはあたしのことを、よく知ってたんだって」

先週の部活終わり、家庭科室に鍵をかけて帰ろうとしたときに、声をかけられた。

告白は、「エミちゃんのことが前から好きでした。僕と付き合ってください！」というストレートなもので、交際経験はもちろん、告白されたことも初めてだったエミは、頭が真っ白になってしまったらしい。

結果、「ごめんムリ！」という、味も素っ気もない言葉をとっさに返してしまった。こんなんだからダメなんだろうなぁ……と、エミはその日、家に帰ってから自己嫌悪に陥った。

しかし、その翌日からも、松島はエミの前に現れた。無邪気で底抜けに明るい松島の様子を見て、エミは、昨日の自分の拒絶の言葉は、松島には聞こえなかったのだろうか、と本気で思った。あるいは、聞こえているのに、聞こえないフリをしているのか……。

「それから、ずっとアピールされてて……すっ、好きって言ってもらえるのは嬉しいんだけど、でも、あたし、松島くんていうか、男の子が苦手っていうか、何を話したらいいのか、ぜんぜんわかんなくて……だけど、ぜんぜん、あきらめてくれなくて……」

「あきらめてくれなくて」という言葉から、すでに、エミが松島との交際に対して、ネガティブであることが伝わってくる。おそらく、松島にもそれが伝わったのだろう。とんでもない提案をされたのは、つい昨日のことだった。

「『それなら、まずは3ヵ月でいいから！　3ヵ月、とりあえず付き合ってみようよ。お試し期間ってことでさ！　それで僕のことが好きになれなかったら、スッパリあきらめるから』って……」

これには、さすがの紗月も、手に持った食べかけのサンドウィッチの存在も忘れて、目をパチクリさせた。

「すごいこと言うね、『お試し期間』って……」

「あたし、ビックリしちゃって、また、『ムリだから』って言って、走ってきちゃっ――」

「付き合ってみればいいじゃん！」

エミの言葉をさえぎるように、紗月があっさり、そんなことを言う。

「ちょっと、紗月、無責任なこと言わないの!!」

「なんでよ、おしづ。悪い話じゃないと思わない？　顔はともかく、楽しそうな人だったし」

「それは紗月の主観でしょ。これはあくまでもエミのことなんだから。エミはムリだと思ったんでしょ？　なら、やめたほうがいいと思うよ。どうなの？」

詩都花が結論を迫るようにエミを見る。すると、エミは困ったように視線を泳がせた。

「エミ？」

「ムリっていうか……その……お、お友だちからなら、いいかなって……」

「おおっ！」と声を上げた紗月を、「ちょっと」と詩都花がいさめる。指先をモジモジと遊ばせるエミは、爪に答えが書いてあるとでも思っているかのようだった。

「松島くんのことは、まだちょっと距離感がわからないけど、でも、嫌いっていうほどでもないっていうか……あたしも、何かキッカケがあったら、変われるかなって……。それに、仲よくなれたら、それはそれでいいことだし……」

「そうだよ、モリエミ！　なんのために『お友だちからお願いします』っていう便利な言葉があるのかっていったら、つまりは、そういうことなのよ。恋人になるのはためらうけど、あまりに情報がなさすぎるから様子を見たいときに使うの。それに、男子にしてみれば、『ノー』って言われたわけじゃなく、首の皮一枚つながっているんだから、そこから先は、本人次第だよ。本気で好きなら、そこから相手のことを本気にさせる努力をするはずだからね。『お友だちでいましょ』は先がないけど、『お友だちから始めましょ』は、伸び代があるのよ」

恋愛トークになると、いつも暴走しているように見える紗月だが、たまにこうして的を射たことも言う。

無責任にあおっているわけではないということが、エミにも伝わったのだろう。

「あたし、松島くんに話してみる」

そうつぶやいたエミに、紗月は静かに、「がんばって」と返す。けっして、無責任な励ましではなかった。

こうして、「お試し期間」が始まった。

「お友だちからなら……」と伝えるとき、エミは心臓が爆発することさえ覚悟した。それでもなんとか言えたのは、松島が、毎日のように現れては「ねぇねぇ、あの話、考えてくれた？」と話題にしてくれたからである。それがなければ、自分から言えたはずはない。そういう意味では、松島は、男子のなかではエミにとって付き合いやすい部類なのかもしれない。

男子に対する苦手意識の強い自分が、はたして松島との「お試し期間」によって変われるのか。期待と不安が入り交じった心持ち——もちろん、不安のほうがかなり大きいのだが——で、エミは今日も部活終わりに、松島と顔を合わせていた。

「お弁当？」

「そう。エミちゃんのお弁当、いつ見てもおいしそうだからさ。僕も食べたいなーって、前から思ってたんだ。正直に言うけど、僕にも作ってほしいな……」

松島の、はにかんだ笑顔が新鮮だった。

家族から、「どうせなら一緒に作ってよ」と、弁当づくりを頼まれることは多い。自分ひとり分作るのも2人分作るのも手間としてはほとんど変わらないので、誰かから頼まれれば、ふたつ返事でエミは引き受けている。

しかし、父親と兄以外の異性にお弁当を作ったことは、今まで、ただの一度もない。それなのに、まさか同じ学校の男の子に、作ってほしいと言われるなんて……。まさか家族に本当のことは言えないので、紗月か詩都花の分だとでも言っておこう。

エミは松島の距離の縮め方に驚いたが、同時に、そう頼まれたことが嬉しくもあった。

料理は好きだし、得意だとも言える。しょっちゅう、おかずの交換をしている紗月や詩都花からの評判もいい。自分の作った料理を「おいしい」と言って食べてもらえることが、エミにとっては至福なのだ。

「……いいよ」

だから、そう答えた。

その瞬間、松島が、ぱあっと表情を輝かせた。ああ、いいな、と思った。こんな表情でお弁当を食べてもらえるなら、嬉しいな、と。

「好きなものとか、ニガテなものとか……ある？」

「え、希望を言っていいの？」

「作れるものなら作るよ」

「マジで!?　やった！」

胸の前で両手を握りしめて喜ぶ様子も、子どもっぽくて憎めない。

「好きなものは、唐揚げとハンバーグと、つゆだくの牛丼と……」

「唐揚げとハンバーグはできるけど、つゆだくの牛丼は、お弁当だと難しいなぁ……」

「あ、そっか。じゃあ、牛丼じゃなくてオムライスは？」

「うん、それなら」

「あっ、でも、グリーンピースは、なしで。あと、セロリもニガテなんだ」

「フルーツは平気？」

「え、フルーツも入れてくれるの？　大好きだよ！」

大好き、という松島の言葉に、どきんとエミの鼓動が早くなった。

違う違う！　今のは、「フルーツが大好き」っていう意味でしょ！　会話の中にさりげなく「好き」って言葉を入れれば相手を意識させられるって、前に従姉の佐奈ちゃんが言ってたけど、今のは絶対そういうんじゃないから！　と、勘違いしそうになった自分の頭を、妄想の中でポカポカと叩く。

「エミちゃん？　大丈夫？」

「え、何が？　大丈夫だよ！」

「ほんと？　なんか、ここにシワ寄ってたけど」

そう言った松島が、なんと、人差し指を伸ばしてエミの額を軽く押さえた。とたんに顔が燃えるように熱くなって、エミはあわてて足をうしろに引く。今日は、もう限界だ。

「じゃっ、じゃあ、明日作ってくるから、お昼ゴハンは持ってこないでね」

「うん！　楽しみにしてるよ。ありがと」

手を振る松島に、自分も振り返すだけの勇気は、エミにはなかった。無言で、こくりとうなずくのが精いっぱいで、エミはきびすを返す。

廊下を走りながら、そっと額に触れてみた。松島に指先で触れられたところが、いつまでも、ぽーっと熱かった。

それからエミは毎日、２人分のお弁当を作って学校に持っていった。松島は、１限が始まる前に律儀にお弁当を取りにきて、放課後になると、お弁当箱を返しにくる。そのとき、ちゃんとお弁当の感想をエミに話すのだ。

「唐揚げが僕好みの味つけで、すっごい感動した！」

「ハンバーグのソースまで手作り？　何が入ってるの？」

「オムライスって、冷めててもあんなにおいしいんだね。ビックリだよ」

作ったものを喜んで食べてもらえるのは、やはり嬉しい。それに松島は、米粒ひとつ残さない。あらかじめ苦手なものをリサーチしているとはいえ、家に帰って開けたお弁当箱がすっかりきれいになっているのを見ると、自然と笑顔になる。

加えて、毎日、松島と同じものを食べているという事実も、エミにはくすぐったくて仕方がなかった。

あたし、気持ち悪いかな……。そう思うこともあるのだが、それ以上に、松島にお弁当を作っていくことが、エミの楽しみになっていた。

――こういう関係が続くなら、松島と「友だち」以上になってみるのも、アリなのかもしれない。

そんなことまで、エミは思い始めていた。


ある日の昼休み。

午前中、最後の授業が体育だったエミと詩都花は、更衣室を出て自分たちの教室に向かっていた。早くお弁当を持って、紗月と待ち合わせている場所に行かなければ。今日のランチ集合は、紫陽花が見頃になってきた中庭だ。この梅雨の時期に外で食事ができる日は、貴重である。

「うわー。今日もすげーな、松島の弁当!」

そのとき、ちょうど通りかかった教室の中から、そんな声が聞こえてきて、エミと詩都花は思わず立ち止まった。そばの教室の中を見ると、松島が数人の男子生徒に囲まれている。彼らが感嘆した様子でのぞいているのは、きっと、エミの手作り弁当だ。

「なにこれ……おにぎり、何種類も入ってんじゃん」

「ウチなんか、毎日、日の丸だぜ」

「俺も俺も！」

「しかも、この豪華弁当、１組の森に作ってもらってんだろ？」

「えっ、そうなの？　おまえら、付き合ってるの？」

「いやいや、まだお試し期間だよ」

エミの胸が、ムズムズする。面と向かってほめられたわけではないが、率直な感想が、こんなにも嬉しい。お弁当を称賛されたことも、松島が得意気な顔をしていることも。

「よかったわね、エミ」

隣から詩都花がこそっとかけてくれた声に、エミがうなずこうとした、そのときだった。

「松島、その『お試し期間』って何？」

松島の友人のひとりが、素朴な疑問を口にした。

「何って、文字どおりだよ。通販なんかでも、無料のお試しサンプルとかってあるじゃん。あんな感じ。だって、森が作る弁当が俺の口に合うかどうか、わからないだろ？　お試しにしておかないとな。まっ、今のところは合格点だけど」

エミは、体を硬直させた。視線まで固まってしまいそうになるのをなんとかこらえ、教室の中をじっと見つめる。

そこには、自分の席でふんぞり返っている、松島がいた。

「それにさ、昼メシ代が浮くんだよ。俺さ、昼メシ代も、毎月のこづかいから出してるだろ？それが何気に財政を圧迫してたんだけど、毎日弁当作ってもらえば、タダじゃん？　浮いた分ぜんぶ、好きな物を買うのに回せるんだよねー。森って、いかにも男に尽くしそうな感じだったから、ちょっと押せば付き合えて、弁当作ってもらえるかと思ってたんだけど、けっこうガードが堅くてさ。でも、『お試し期間』って言ったら、押し切れた。だから、その間は、タダで昼メシが食える。これ、俺の特許だから、マネするなよ」

そう言って、松島がケラケラと笑う。そばにいた男子生徒たちも、「おまえ、それサイテー」「どんだけモテ男だよ！」と、つっこみつつも笑っている。彼らの言葉は、エミにとってはフォローにはならず、共犯者の声にしか聞こえなかった。

イビツな和音に刺激され、エミの視界がにじみ出す。

もしかすると、それは、松島の照れ隠しの発言だったのかもしれない。しかし、そんなウカツな発言をしてしまう男に、エミはもったいなさすぎる。

「あいつ――」

詩都花が不快感もあらわに目を細めたとき、隣に、サッと人陰が立った。

「大丈夫。まだ間に合うから」

「さ、つき、ちゃん……」

そこに立っていたのは、険しく眉をつり上げた紗月だった。

「来るのが遅いと思って迎えにきたら、とんだ場面に出くわしたもんだわ」

そうつぶやくなり、紗月がエミの腕をつかんだ。えっ、と思っているうちに、エミは教室の中へと連れこまれてしまう。

「ちょっと。そこの寝癖頭!」

紗月の鋭い呼び声に、松島が視線をめぐらせる。紗月と、紗月に手を引かれたエミに気づいて、俺様発言をしていた松島のドヤ顔が強張った。それほど、今の紗月の表情には迫力というか、圧力があった。

「エ――」

「あんた、何様？」

松島の言葉を押しつぶす勢いで、紗月が言葉を重ねる。

「なーにが『俺の口に合うかどうか』よ。こづかいを節約したいなら、ヤギみたいに、道端に生えてる草でも食って、ウメェ～って鳴いてな。あんたには、それで十分よ」

ヤギではなく、ヘビににらまれたカエルのように、松島が縮こまる。紗月が容赦なく追撃しようとしたときだった。

「紗月ちゃん、それ以上は言わないで」

紗月の腕を、エミが小さく引いた。

「エミ、こんなの黙ってられないよ」

「違うの、あたしが、自分で言わなきゃいけないの」

紗月は口をつぐんだ。さっきまで小刻みに震えていた、自分の腕をつかむエミの手が、今は震えていないことに気づいたからだ。

紗月の腕を放したエミが、すぅ、と息を吸いこむ。それと一緒に吐き出された声は、いつものエミの声とは違って、じつに堂々とし、そして、凛としたものだった。

「松島くん。まだ『お試し期間』中だけど、今すぐ、あなたをクーリングオフするわ!」

それだけ言い放ったエミが、くるりときびすを返し、松島のほうを振り向きもしないで歩き出す。置いていかれそうになって、紗月は、あわててあとを追った。

廊下で待っていた詩都花が、勇者を見つめる目でエミと紗月を迎える。

「紗月、ヤギだったら、紙でいいんじゃない。そのほうがエコだし」

自分のために、詩都花までが、似合わない毒舌を吐いてくれている。2人の優しさを感じられただけで、エミとしては十分だった。

背筋を伸ばして廊下を歩き出したエミに、詩都花と紗月が続く。今、なんて声をかけたらいいのか、2人にはわからなかった。

しばらく無言で廊下を進んだエミが、ピタリと歩を止め、振り向いて言った。

「あのね、隣の駅ビルに、新しいエスニックカフェができたんだって。今日、帰りにみんなで行かない?」

紗月と詩都花の答えは、決まっていた。

ウソから出た……

中庭を彩る紫陽花に、雲間からこぼれた光が降りそそいでいる。

「さっきの名言だったね。将来、『モリエミ恋愛語録』が書かれるとしたら、間違いなく、第一章のタイトル候補だよ。『あなたをクーリングオフするわ』って、すごい！　見た？　あの寝癖男の顔！　ほんっと、せいせいした」

興奮冷めやらぬといった様子で、紗月が牛乳パックを手に空を仰ぐ。大げさな紗月の動きを目で追っていたエミだったが、どこか照れくさそうに目線を下げた。

「名言なんかじゃないよ。からかわないでよ。今考えたら、すごく恥ずかしい……」

「でも、言いえて妙だよ。『クーリングオフ』って、頭を冷やして、考え直す期間っていうことだもんね」

「うん。エミ、冷静だった」

詩都花が紗月の言葉を引き取って続ける。

「紗月は、全身の血が頭にのぼったくらい顔を真っ赤にしてたけどね。それにしても、『お試し』って、気をつけないと……」

詩都花が意味深につぶやいた。

「おしづも、嫌な記憶があるの？」

「あ、いや……ちょっと思い出したことがあって」

同じ角度で首を倒す2人に、詩都花は苦いものを口に入れてしまった表情をしながら話し始めた。

＊

「しづー!!」と琴音に泣きつかれたのは、去年――もうすぐ冬休みに入るという、ある日曜日のことだった。

「どうしたの、琴ちゃん」

「もーあたし我慢できない！　ほんっと、信じらんないよぉ……」

そう言いながら抱きついてくる琴音を、詩都花は両腕で受け止めた。琴音の背中に回した詩都花の手に、詩都花ほどではないものの長く艶やかな黒髪が、さわさわと触れる。

琴音は詩都花と同い年だが、現在は、詩都花とは違う高校に通っている。ただ、家が近所ということもあって、たまに家を行き来する仲だ。今日も旅行のお土産を持ってきてくれたのだが、それを受け取って「ありがとう。さようなら」となることは、ほとんどない。むしろ、話を聞いてもらうために、そのきっかけとしてお土産を持ってきたのだろう。

「とりあえず、上がる？」

そう言う前に、すでに琴音は靴を脱いで、家に上がりこんでいた。琴音を自分の部屋に通したあと、詩都花は、冷蔵庫に入っていたロールケーキの存在を思い出し、キッチンへ向かう。

詩都花が運んできたロールケーキを小さく小さくフォークで切って食べながら、琴音は、スン、と鼻をすすった。

「啓に、ひどいウソつかれたの……」

啓というのは、琴音が付き合っている、琴音と同じ高校で同学年の彼氏だ。フルネームは、たしか、葛城啓。詩都花は会ったことはないが、何度も話に聞いている。だから、とっさに「また？」と返してしまった。

どうやら、琴音が付き合っている葛城啓という人間は、かなりの「ウソつき」らしい。これまで琴音から、数えきれないほどのエピソードを聞かされている。同じ学校の友だちには、やはり同じ学校に通う彼氏のグチは言いにくいのだろう。おそらく、そういう理由もあって、詩都花は、よく琴音のグチを聞かされるのだ。

ある日、琴音とのデートの約束に、啓は1時間以上も遅れてやってきた。にもかかわらず、「ごめん」の一言もなく、開口一番、啓は自分が被害者であるような口ぶりで言ったのだという。

「時間どおりに家を出たんだけど、財布を忘れて、取りに戻ったら、母親が風呂場で倒れてたんだ。足をすべらせたらしくて、さいわい、なんともなかったんだけど。何やってんだよって話だよ」

これがウソであることは、後日、近所のスーパーでバッタリ出会った啓の母親が教えてくれた。「そういえば啓、この前、琴音ちゃんとの約束に寝坊したでしょ。ごめんね」と。

寝坊は啓の専売特許で、その言い訳のバリエーションは、あきれるくらい豊富だった。

「ごめんごめん！　２丁目の交差点で、おばあさんの買い物袋が破けて、リンゴがゴロゴロ転がってるのを拾うのを手伝ってた。これ、そのときのお礼でもらったリンゴ」

そう言ってリンゴを１個渡された。ウソにリアリティをもたせるために、家から持ってきたのだろう。

「家を出る直前に電話がかかってきて、しかも、それが振り込め詐欺でさ。『葛城家の息子は、俺だけど』って言ってやったよ。『ＧＫＰカンパニー』っていう会社だから、琴音も気をつけな」

啓のウソや言い訳は、妙に具体的なのが特徴だ。

一度、啓が財布を忘れたことがあった。２人のデートでは、割り勘を基本にしている。「今度返すから、今日だけ貸しといて」と拝まれて、まぁいいか、と、その場は琴音が支払った。

なのに、３日経っても１週間経っても、返すそぶりを見せない。琴音のほうから、その話をすると、啓は、あっけらかんとこう言った。

「こないだの食事代？　返したよね？　……わかった、わかった！　じゃあ今度は、俺が全額払うからさ！」

　しかしその後、何度一緒に出かけても、「今度」がくることはなかった。

　本当にあのとき、啓が財布を忘れていたのかはわからない。そして、「今度」の約束も、単に忘れてしまっただけかもしれない。でも、啓に対する琴音の不信感は、そのころから一気に膨張し始めた。もとから、小さな不満は蓄積されていたのだ。加速したというのが正しいかもしれない。

　そして、ついに昨日、ひどい裏切り方をされた。

「一緒に買い物に行く約束してたの。あたし、新しい洋服が欲しくて。だったら一緒に買いにいこうって話してたんだけど……」

「また遅刻？」

　尋ねた詩都花に、琴音が力なく首を横に振る。

「朝から電話がかかってきて、珍しいなって思って出たら……」

　啓の声より先に、ゲホゲホという咳が聞こえた。

「悪い、急に熱が出てさ……今日、ちょっとムリそうだわ……ほんとゴメン……」

そう言って、また激しく咳きこんで、啓は電話を切ったのだと琴音が言う。

それを聞きながら、詩都花はひどく冷めた気持ちでいた。それがウソだという前提で聞いているので、なんの同情も心配も抱かない。「それでね……」と、続く琴音の静かな声にだけ耳をかたむける。

「『お見舞いに行こうか？』って聞いたら、『うつったら悪いから来ないほうがいい』って言うし、仕方ないから、あたし、ひとりで買い物に行ったの。それで駅ビルに行ったら……」

もう、その時点で結末がわかってしまった。でも、そんなベタな展開って、あるのだろうか。そんな詩都花の思いを打ち消したのは、ほかでもない、琴音の重いため息だった。

「そしたらね、そこに啓がいたの。熱なんてある感じじゃ、ぜんぜんなくて、好きなアニメの劇場版を観ようとして、映画館の前にいたの。あたしとのデートすっぽかして、男友だちとデートしてたのっ！」

興奮しているためか、琴音の言葉選びがおかしくなっている。それを落ち着かせながら、詩都花は少しだけホッとした。最悪のパターン——ほかの女子とデートしていることも想像したからだ。

琴音の彼氏が、ある種の「残念さ」を持っているのは間違いなさそうだが、「卑劣だ」とか「ずる賢い」などではなく、ただただ「バカ」なのかもしれない。

啓が「もっとうまくやればいい」と思ったわけではないが、さすがにそのウカツさには、あきれずにいられない。

もっとも、「ただバカなだけだよ」とは、琴音には言えないし、言ったところで意味もない。それに、啓にアドバイスする義理もないので、黙っておく。

「あたし、もう啓のこと、信じられないかも……」

琴音がうなだれるのも、ムリはない。むしろ、今までよく耐えたほうかもしれない。

「ひとつ一つのウソは、本当はどうでもいいの。たいていは、ウソだってわかるし。でも、啓がウソつきだって認めてしまうと、あたしのことを好きだっていうことも、ウソなんじゃないかって思っちゃうの。啓のことを信じたいのに、なんで、どうでもいいウソをつくんだろう……」

切ろうとしても、そう簡単に切れないのが、恋心というものなのかもしれない。

詩都花がティーカップで手をあたためながら、そんなことを考えていたときだった。カーペットの上に置いてあった琴音のスマホから音楽が流れ始め、画面に「啓」という表示が光った。

ぴくっと頰を震わせた琴音が、ためらいがちに手を伸ばす。指先が、応えるか否か迷うように伸びたり曲がったりを繰り返し、やがて、スマホに触れた。

「……啓？」

「琴音？」

もれて聞こえてくる啓の声は、詩都花が想像していたものより、ずっと低かった。身勝手なウソで琴音を振り回すような男だから、もっと子どもっぽい、変声期を逃したのかと思うくらいの声を勝手に想像していたのだが、ずいぶんと落ち着いた声に聞こえる。

その低い声が、電話のむこうでいっそう低くなった。

「琴音……俺、足が動かなくなっちゃった……」

「どうしたの？」

「……歩行者信号が点滅してたから、渡ろうとして飛び出したら、急にクルマが曲がってきて……」

え……と、琴音の声が固まる。そこへ追い討ちをかけるように、「中央病院に運ばれた……」と電話の声が告げた。

電話が切れるのと琴音が立ち上がるのと、どちらが早かったのか、詩都花にはよくわからない。ただ、今の琴音をひとりで行かせてはいけないと思った。

「待って、琴ちゃん」

腕をつかむと、つかんだところからビクッと琴音の震えが伝わってきた。体も表情も、極端に固い。

「私も一緒に行くから」

すでに涙目の琴音は、黙ってうなずいただけだった。


啓がいる中央病院に、詩都花と琴音は向かった。電話の様子から、啓の命に別状がないのは間違いない。しかし、「足が動かない」というのは、どういうことなのか。琴音は、「自分のせいで、啓がケガをした」とでも思っているかのように、唇をきつくかみしめていた。

最寄りの駅から、2人は走って病院へと向かう。ようやく病院の正面玄関が見えてきた。自動ドアが開くのももどかしく感じる。そのときだった。

「琴音！」

低めの男の声が、琴音の名前を呼ぶのが聞こえた。

振り向くと、正面玄関の柱の陰に、ジーパンにジャンパーというラフな格好の男の子が立っていて、琴音に笑顔で手を振っている。

まさか……という詩都花のイヤな予感は、琴音によって、答え合わせされた。

「啓ちゃん！」

あぁ、やはり、これが、あのウソつき男か。

警戒心を強めた詩都花の前で、琴音が啓に駆け寄る。うすうす、その可能性は頭に浮かんでいた。あまりに不謹慎すぎて、琴音には言えなかったが……しかし、結果的には、詩都花の予想どおり、啓は元気そうだった。

「啓ちゃん、診察はもう終わったの？　足は大丈夫なの？　ケガは？　事故は？」

「ごめんごめん、大丈夫だよ。ケガしたけど大丈夫なんじゃなくて、ケガしてないから大丈夫なんだよ」

呆然と立ち尽くし固まる琴音の肩を、催眠術師が術を解くようなそぶりで啓が軽く叩く。

「ちょっと、琴音のこと試してみたんだ」

「試す?」

「そう。何回も琴音に電話してるのに出ないから、ちょっと怪しいな、って思ってさ」

「……」

「もし、誰か男友だちと遊んでるとしたら、俺が『事故にあった』って言ったら、どっちを取るのかなって思ってさ」

「……」

「それに、琴音、俺のこととか、俺の琴音への気持ちとか疑ってただろ? だから、琴音に教えてあげようと思ったんだよ。俺が事故にあったって聞いて、琴音がどう感じるか。琴音、俺のこと心配しなかった? したよね? それで、こうやって駆けつけてくれたんだろ? それってつまり、俺のことが好きだからだよ。一番大事なものがなんなのか、自分でも気づいたんじゃない?」

さぁどうだ、と言わんばかりに、啓が両腕を広げる。その胸に琴音が飛びこんで、雨降って地固まる流れのハッピーエンド——なんてことには、ならなかった。

「あたし、啓ちゃんを心配して、ここに来たわけじゃないよ」

「え？」

抱きしめる準備万端だった啓が、そのままの格好で目を見開く。

「啓ちゃんがウソついてることなんて、わかってた。今日だって、今までだって。あたし、あなたに言わなきゃいけないことがあるの。今まで、あなたにウソをついてた。ゴメン。あなたが想像したとおり、あたし、あなたより好きな人がいる」

え？　と、もう一度、啓がつぶやく。琴音？　と、すがる声に耳を貸すことなく、琴音は手を伸ばした。うしろにいた、詩都花のほうへと。

「この子、詩都花。あたしが一番、好きな人」

「え？　こ、琴ちゃん……」

詩都花を引き寄せ、琴音が嬉しそうな笑顔を浮かべる。それを見た啓が言葉にならない様子で、口をパクパクさせる。このあわてぶりは、ウソではないだろう。

「詩都花とはね、なんでも本音で話せるの。あなたのことは何度も疑った。でも、詩都花のことは、一度も疑ったことないの。それって、あなたより、詩都花を信頼してるし、好きってことなんだなって、気づいたんだ。だから、もうあなたとは付き合えない」

「そんな……ウソつくなよ！　だって、女だろ、その子！」

悲鳴に近い啓の声に、琴音は眉ひとつ動かさなかった。

「あたしは、『男の子』だから好きになるんじゃないの。『信頼できる人』だから、好きになるの」

よほど混乱しているのだろう。啓は両手を額にあてると、そのまま前髪をグシャグシャとかき乱し、その場に座りこんだ。

「琴音！　俺が悪かった！　だから、もう、そんな意地悪はやめてくれよ。もう一度、俺にチャンスをくれ!!」

がばっと立ち上がってそう言った啓に、「ごめんムリ」と答える琴音の声は、にべもない。

「あたし、自分の気持ちにだけは、ウソをつかないから」

それを聞いた啓が、ふたたび座りこむ。

「それじゃ、さよなら」

詩都花の腕をとり、琴音が啓に背を向ける。もう啓への未練はないようだ。

＊

「やっぱり、『試す』ことって、『恋』とは、相容れないものだよね。だって、それは、『疑ってる』ってことだもん」

そう話を総括したのは、紗月である。そして、いいことを思いついた、とばかりに続ける。

「ねぇねぇ、わたしたちのルールに新しく、『お試し禁止』って加える？」

「紗月、そんなものまで加えたら、キリがないよ」

「たしかに！」

詩都花の話を、不安そうな表情で聞いていたのはエミである。

「それはそうと、琴音さん、大丈夫なの？　学校で変な噂を立てられたりしないかな？」

「啓はプライドが高いから、『自分がフッた』ってウソをつくだろうし、そもそも、クラスメイトたちも、啓がウソつきだって知ってるから、ヘンな噂を流しても、誰も信じないだろうって、琴ちゃんが言ってたよ」

「そっか」と返すエミの声は、少しだけ楽しそうだった。さっき自分がイヤな思いをしたから、ダメな男子が成敗される話を聞いて、スッキリしたのかもしれない。

それにしても、琴音がまさか、あんなことを言うとは、詩都花も思っていなかった。


あの日、帰りの電車の中で琴音と交わした言葉の意味も、詩都花はまだ咀嚼できていない。

「まぁ、ウソをつかれ続けてきた彼氏にウソで別れを告げるのは、目には目をっていう感じではあるわね」

そう言った詩都花に、琴音は、きょとんとした目を向けてきたのだ。「なに言ってるの」とでも言いたげな目に詩都花がとまどっていると、先ほど一瞬だけ恋人になった琴音は、うふふと照れたように笑って手をつないできた。

「あたしが、しづのこと大好きなのは、ウソじゃないよ。これからもずっと、大切な友だちだから」

恋人と親友

「仕事とわたしと、どっちが大事なの!?」

そんなことを聞くような女にだけは、なりたくない。

それは、佐奈の「恋愛論」の中でも、太字になるほどの重要項目のひとつである。「仕事」と「恋愛」——そんな次元の違うものを比べてもしょうがないし、相手も答えられるはずがない。それは、ただ相手を困らせるだけの問いかけだ。

今は高校2年生になった従妹のエミがまだ中学生のころ、佐奈は自分の「恋愛論」をいろいろ話して聞かせた。そのせいで、奥手なエミからは「恋愛の達人」と思われていたらしい。しかし、実際は佐奈も、恋愛経験は少ない。「理論と哲学ばかりで、現実が伴っていない」と、耳に痛いことを親友から言われたこともあった。

しかし、そんな佐奈にも、その後、恋人ができた。大学で同級生だった、周藤大河である。

すでに、同棲を始めて1年近くになる。恋人どうしでいる期間となると、3年ちょっとだ。お互い、社会人2年目になり、学生のときに比べて一緒に自由に過ごせる時間は減った。もともと同棲を始めたのは、少しでも一緒にいる時間を増やすためだった。しかし、一緒に暮らすほど、すれ違いを強く感じてしまうようになった。

佐奈は、そのことを寂しいと感じることはあっても、「仕事とわたしと、どっちが……」という無意味な質問を、大河に投げたことはない。それどころか、もう少し自分を優先してほしいと頼んだことすら、一度もなかった。

しかし――最近、口に出さない不満が、佐奈の内側に、どんどん積もっているように感じる。いや、積もっているというより、こびりついている感じだ。

大河の気持ちも、わからないでもない。自分もそうだが、社会人2年目になって、だんだんと仕事が楽しくなってきたし、責任ある仕事を任されるようにもなってきた。

――それにしても、よ!

頬をふくらませて、佐奈は大河のYシャツをたたみ始める。

最近ずっと、仕事から帰ってくるのが遅い。終電になることもあれば、酔って始発で帰ってくることもあり、週末は、その反動のようにずっと寝ている。昼過ぎになってようやく起きてきた大河に「どこか遊びにいきたい」ということを遠回しにアピールしても、「疲れてるから」と断られる。

一緒に暮らし始めたばかりのころは、こんな感じではなかった。朝食は必ず一緒に食べようねと約束したし、それをちゃんと守ってきた。2人とも仕事があるのだから、家事は片方に任せっきりにしない。感謝の気持ちを忘れない……。

なのに最近、大河は「時間がないから」と朝食を食べずに出ることも多いし、昼過ぎに起きてくる休みの日は、当然、朝食抜き。2人で考えた家事分担も、いつの間にか曖昧になっていて、大河よりは早く帰ってこられる佐奈が、ほとんどこなしている気がする。

わたし、大河と一緒にいられないことが嫌なんだろうか？　それとも、大河が忙しく働いていることに嫉妬しているのかな？

「ありがとう」という言葉を最後に大河の口から聞いたのは、いつだっただろう。今日だって、休日なのをいいことに、起きてくる気配もない。そんなことを思いながら、佐奈はたたんだ大河のYシャツを、乱暴にタンスへ片づけた。

バンッと、荒っぽい音を立ててタンスが閉まる。その音で、何かが壊れたようだった。

――もうやだ。ネガティブなことばかり考えてしまう自分に耐えられない！

臨界点に達した佐奈は、スマホを取り出し、発信ボタンを押す。

電話の相手の名は、柿沼遥希。

「……あ、遥希？　ちょっと聞いてほしいことがあるんだけど……今日、時間ない？」

期待どおり、すぐに電話に出てくれた相手に、佐奈は、そう尋ねた。


午後になり、佐奈は、かつて通っていた大学近くのカフェにやってきた。家を出るとき、当然のように大河は眠ったままだった。

「どうしたの？　急に『聞いてほしいことがある』って……」

佐奈の突然の呼び出しにも快く応えてくれた遥希は、2人が大学1年生のときに出会って以来の親友だ。遥希は、大河とも多少の面識があり、佐奈と同棲中であることも知っている。

彼女は今、外資系の企業でバリバリ働いている。佐奈たちと同じ社会人2年目ではあるが、上司からも期待され、大きな仕事を任されているらしい。今日も、日曜日だというのにパリっとしたパンツスタイルで、知的な「デキる女」の雰囲気がただよっている。

　しばらく仕事が忙しいようだったので、会うのは数ヵ月ぶりだ。理由はともかく、久しぶりに親友に会えることが嬉しくて、佐奈はついクローゼットからお気に入りのワンピースを引っぱり出してしまった。

「ごめんね。忙しいんでしょ。今日も仕事？」

「ううん、ぜんぜん大丈夫。何か悩みごと？　悩んでるなら、相談に乗るよ」

　相変わらず仕事以外でも頼りになりそうな親友に、佐奈は小さな声で打ち明けた。

「それが……わたしたちもう、ダメかもしれないの……。わたしがもう耐えられない……」

　佐奈の言う「わたしたち」というのが誰と誰のことなのか、即座にくみとった遥希は、涼やかな目もとを鋭くして口を開いた。

「詳しく話してみて」

　とたんに、懐かしさが、佐奈の胸にこみ上げてきた。

　学生時代、人間関係や就職活動のことで、しょっちゅう遥希に悩みを聞いてもらっていた。聞き上手で、こちらの言いたいことを引き出してくれる遥希に相談すれば、話すだけで楽になれたし、親身なアドバイスに救われたことも、数えきれないくらいある。

だから今回のことも、佐奈は包み隠さず遥希に話した。大河との生活のこと。そのなかで生まれた不満。自分のことをわかってくれているのか、いないのか、そもそも何を考えているのか、もう自分のことは好きじゃないのか、最初に交わした約束なんて忘れてしまったのかという数々の不安。それと、寂しさや、むなしさも。

頼んだホットコーヒーがすっかり冷めてしまうまで、佐奈は延々と胸につかえていたものを吐き出し続けた。

そして、佐奈の口からもうこれ以上は言葉が出ない、となったタイミングで、遥希が大きく息を吸った。「なるほどね」とつぶやいた声は、佐奈が、自分と同い年とは思えないほど、落ち着いている。

そして、まっすぐに佐奈を見つめ、判決を下すように、遥希は言った。

「佐奈は、がんばってるよ。『朝食を一緒に食べる』とか、『感謝の気持ちを忘れない』とか、約束したことも間違ってない。それを大河くんが一方的に破ったのなら、悪いのは大河くんよ。佐奈は、ぜんぜん悪くない。不満に思って当然だと思う。それに佐奈がこうして悩んでいるのに、そのことにも気づかないで、今日だって爆睡しているんでしょ。このままじゃ、佐奈がツラいだけじゃない。はっきり言うけど、大河くんとは、別れたほうがいいと思う」

「え？」

あまりにも淡々と、流れるように告げられたせいで、危うく佐奈は聞き逃すところだった。

てっきり、自分のグチを聞き終わったあと、「一緒に住んでるんだから、不満のひとつやふたつ、あって当たり前よ。お互いさまだと思って、一度、話し合ってみなよ」などと、「ケンカ両成敗、少しだけ佐奈寄り」の判決が告げられると思っていたのだ。

そんな予想を裏切って、遥希は無表情のまま言葉を続けた。

「佐奈の話を聞くかぎり、大河くんは佐奈を裏切ってる。その約束を破るってことは、浮気だってするかもしれないし、もうしてるかもしれない。仕事で忙しいんじゃなくて、浮気相手と遊ぶのに忙しいんじゃないの？　同棲してるってことは、結婚も視野に入れてるんでしょ？　そんなヤツと結婚しても、佐奈、幸せになれないよ。だったら早く別れて、もっといい人と恋愛したほうが佐奈のためだと思う」

「さすがに、浮気はしてないと思うけど……」

遥希の言葉を、むげには否定できなかった。真剣に佐奈の話を聞いて、真剣にアドバイスをしてくれている。それは、自分の気持ちに寄り添って理解しようとしてくれたということだ。だけど——。佐奈は複雑な心境だった。

遥希は「それに……」と、脚を組み替えて目を細めた。その目に、佐奈は鋭い光を見た気がした。

「大河って、べつに、イケメンってわけでもないよね？　背も、170センチくらいでしょ。わたしだったら、もっと高いほうが好みだな。それに、学生時代、いつも地味な服装だったじゃない。佐奈は、きちんとオシャレに気をつかってるし、女子力も高いよね。正直、大河じゃ、佐奈に釣り合わないなって、ずっと前から思ってたの」

遥希が興奮気味にまくしたてる。もう、大河には「くん」もつかず呼び捨てだ。そうとう怒りを覚えているらしい。

自分のことを、そうやってほめてくれるのは嬉しい。遥希は、下手なお世辞を言うような人間ではないから、それは正直な感想なのだろう。しかし、恋人のことをここまで言われるのは微妙だ。まるで、自分に人を見る目がないと言われているようでもあるのだから。

「それに、ほんとは佐奈にこういうこと、あまり言いたくないんだけど……」

まだ続くのか、と、佐奈はいたたまれない気持ちになった。

「百歩譲って、浮気なんかしてないなら――『仕事が忙しい』って遅くまで残業したり、休みの日に昼まで寝てたりするのって、スケジュール管理ができてない証拠だよ。わたしの経験だと、仕事ができない人にかぎって、自分の忙しさをアピールしたり、不満を言ったりするの。本当にデキる人は、そんなこと言わないから」

遥希は、大手企業で働く、有能な社員だ。能力が評価されて大きな仕事をしている遥希からすれば、中小企業であくせく働いている大河の仕事ぶりは、鼻で笑ってしまうようなものなのかもしれない。おそらく、大した仕事もしていないのに、「がんばっているアピール」をするような人間は遥希の会社にもいて、大河のことをそういう人間と同一視しているのだろう。

でも、そういう遥希の敵は、大河とは別な人物だ。大河のことを詳しく知っているわけでもないのに、どうして大河のがんばりを否定するようなことを言うのだろう。仕事の効率が悪くたって、どんなに残業しても遥希の給料にはとうてい及ばなくたって、大河は大河のやり方で、ちゃんと努力しているのに。

そういえば、と佐奈はふいに思い至った。遥希には恋人がいないはずだ。もしかしたら、ひとりの人と長く交際が続いていて、しかも同棲までしている自分に、遥希はどこかで嫉妬しているのかもしれない。だから大河と別れることを熱心に勧めてくるのだ、と考えれば、納得はできないものの、理解はできる。

佐奈がそんなことを考えている間にも、遥希の毒舌にはよどみがなかった。

「――今まで、佐奈が悩んでることに気づいてあげられなくて、ごめんね。これじゃあ、親友失格よね。でも、まだ間に合うよ。佐奈だったら、すぐに素敵な人が見つかるから、大河みたいな最低な男とは、すぐに別れなよ」

「最低な男」という一言で、佐奈の我慢は、限界を迎えた。

それが、嫉妬心から出た言葉なのか、親身になったうえでのアドバイスなのかは、わからない。それでも、そんなことを言うのは「親友」ではないはずだ。

「遥希、そこまで言うことないんじゃない？　そりゃあ、大河は遥希に比べたら仕事はできないかもしれない。大手企業に勤めてるわけでもないし、収入が高いわけでもない。見た目だって、センスだって、大河より優れてる人は、たくさんいるでしょうね。だけど、大河は『最低な男』なんかじゃないわ」

　佐奈が強い口調でそう言いきったにもかかわらず、遥希は肩をすくめて、不思議そうに見つめ返してきた。

「ちょっと、佐奈、どうしたの？　ぜんぶ、さっき佐奈が自分で言ったことじゃない。わたしは、佐奈が言ったことをまとめ直しただけ。まぁ、浮気っていうのは、わたしの勘だけど、わたしの勘はほぼ当たるから。わたしは、佐奈が背中を押してほしそうに見えたから、ハッキリ言ってあげただけ。感謝されることはあっても、キレられる覚えはないんだけど」

　昔から、遥希には、なんでも白黒つけたがるところがあった。決断だって早いし、まわりに流されることもない。理路整然と導き出す答えは、いつも正しく見え、佐奈だって何度もそれに助けられてきた。

　でも——今日だけは違う気がする。いや、違う。恋愛は、そんな簡単な「理屈」で説明できるものなんかじゃない。

「遥希は、わかってないのよ……」

「わかってないのは、佐奈じゃない？　悪いことは言わないから、大河とは別れなさい！　これは、親友のわたしだから言うんだし、わたしにしか言えないの。親友の親身なアドバイスと、自分のことを考えてもくれない恋人と、どっちを選ぶのか、決めて！」

ガタンッ、と音を立てて佐奈はイスから立ち上がった。まわりの客の視線がいっせいに佐奈にそそがれたが、本人はそのことに気づきもしない。

「忙しいのに、時間をとってくれて、ありがとう。でも、わたし、もう帰る。遥希も、仕事でストレスたまることもあると思うけど、がんばって。わたしなんかじゃ、遥希みたいな『本当にデキる人』にしてあげられるアドバイスがあるか、わからないけど」

――実際、今は、しばらくは会いたくない気分だ。

ただ、最後に浮かんだ言葉は、口には出さなかった。それが、親友だと思っていた遥希への、せめてもの礼儀だと思ったからだ。

財布から千円札を1枚取り出し、遥希に押しつける。遥希が、「わたしのほうが給料がいいから、いいよ」と受け取ろうとしないので、テーブルに叩きつけるように置いた。そして、財布をバッグにしまう時間も惜しく、佐奈はそそくさと席を離れた。

ひとりで店を出たあとも、かつての親友のほうを、振り返ることはなかった。

家に帰ると、大河がだらしのない格好でリビングのソファに座り、コーラのペットボトルを片手にテレビでサッカー中継を観ていた。そして、テレビから目を離しもせず、帰ってきた佐奈に、「腹減ったー」と子どものように言う。まったく……と胸の中でつぶやいて、佐奈は帰りに立ち寄ったベーカリーショップの袋を無言で手渡した。

受け取った袋の中から、大河は適当にパンを取り出し、もそもそと食べ始める。ソファではなく床に座って、サッカーではなく、自分のほうをまじまじと見ている佐奈に、大河は、おそるおそる声をかけた。

「怒ってる?」

「……なんで?」

「今日、どこかに遊びに行こうって話してたじゃん。でも俺、疲れて寝ちゃってたから……。起きたら、佐奈いないし、電話もつながらないから……」

あぁ……と、佐奈は思い出したようにつぶやいた。

「いいよ。大河だって、仕事が大変なんでしょ。昨日も、仕事で遅かったの、わかってるから。遥希はあんなこと言ってたけど、大河は立派に働いてるもん」

はるき？　と、大河が一瞬、眉をひそめた。遥希の名前は音だけだと、男性の名前に聞こえてしまう。浮気を疑われては大変だと、佐奈はあわててつけ足した。

「ほら、大学の！　親友だった遥希だよ。覚えてるでしょ？」

「あぁ、柿沼さんか。まぁ、あんまり話したことはないけど、もちろん、覚えてるよ」

今度は、佐奈が表情を曇らせる番だった。

「じつは、さっき、遥希に会ってきたんだけど……しばらく、遥希には会いたくないし、もしかしたら、もう二度と会わないかもしれない」

「え、なんで？」

あんなに仲よかったのに……と、心底意外そうに大河が目をみはる。そこに、自分を心配してくれている気配も感じた佐奈は、思いきって口を開いた。

「最近、大河に不満をためてたから、グチを聞いてもらおうと思ったの」

床からソファへ移動した佐奈は、先ほどカフェで起こったことの一部始終を大河に話した。

すべてを聞き終えた大河は、「そうだったんだ……」と神妙な面持ちでうなずいた。

「そっか……佐奈、イヤな思いさせて、本当にごめん。一緒に住むうえでの約束はちゃんと守るよ。それと、気をつかわせちゃって、申し訳ないことしちゃったな」

「ううん、もういいの。それより、改めて考えてみたら、やっぱり今日の遥希、ちょっとヘンだったかも。今まで、あんなふうに他人の悪口を言うような子じゃなかったのに……。やっぱり、外資系で働くのって、ストレスたまるのかな……。競争も激しいだろうから、他人に厳しくなるだろうし、誰かの悪口を言わないと、やってられないのかな……」

佐奈の言葉に、大河はコーラの入ったペットボトルに伸ばしかけた手を止めた。

「待って、佐奈。俺がさっき『気をつかわせて申し訳なかった』って言ったのは、柿沼さんに対してだよ」

「え？　どうして？　なんで大河が遥希に謝らなきゃいけないの？　さっき言ったこと、少しオブラートに包んでて、本当は、大河に対して、もっとひどいこと言ったんだよ」

てっきり、自分に対しての謝罪だと思っていた佐奈は、驚きと困惑の表情を同時に浮かべて大河を見た。そんな佐奈のとまどいを受け止め、大河はゆっくりと口を開く。

「柿沼さん、佐奈の話を聞いて、本当に俺たちの関係が危ういと思って、わざとそんなことを言ったんじゃないかな」

「えっ!?」

予想だにしていなかった大河の言葉に、佐奈は思わず声を上げた。大河は慎重に言葉を選ぶようにして、話を続ける。

「柿沼さんは、佐奈の親友だろ。話しぶりから、佐奈がどれだけ本気で悩んでいるのか、俺との関係がどれだけ深刻なのか……わかったんだと思う。佐奈の性格だったら、どういう方法をとれば仲裁できるのかっていうことを考えたんじゃないかな。俺のことを悪く言えば、佐奈が『そんなことない!』ってなることもわかってたんだろうね。本当は俺が悪いのに……佐奈のために、柿沼さんは、あえて自分が悪者になったんだと思う」

「そんな……」

「人間って、共通の敵がいると、結束力が増すんだって。だから、柿沼さんは俺の悪口を言うことで、佐奈と俺の『共通の敵』になることを選んだんだよ。壊れかけているように見えた俺たちの関係を、修復するために」

佐奈の口から、もう言葉は出なかった。そのかわり、涙がボロボロとこぼれ落ちた。

遥希には恋人がいないから、自分に嫉妬している。競争の激しい外資系企業にいるから、ストレスがたまっている。そんなふうにしか考えることのできなかった自分を、佐奈は引っぱたきたい気持ちになった。

わたしが自分のことだけを考えているとき、遥希は、「自分が恨まれてもいい」という気持ちで、わたしたちのことを考えてくれた。

「遥希に、電話しなきゃ……」

うわごとのようにつぶやいた佐奈に、大河は「そうだね」と優しいまなざしを向けた。ぽんぽんと、大きな手の平が、あやすように佐奈の頭をなでる。

本当の「恋愛の達人」は、遥希だ。

そんなことを思いながら、佐奈はスマホの画面に、遥希の番号を呼び出した。

恋の計算式

学校帰りに、紗月、詩都花、エミの3人は、行きつけのカフェに寄った。この店のメニューには、月ごとに変わる「季節のケーキ」があり、それを毎月のはじめに3人で食べにくるのが、恒例なのだ。

「おっ、今月はマスカットのタルトだって！」

「あたし、それとアールグレイのセット!!」

「それじゃあ私は……」

3人がメニューをのぞきこんでいたとき、からんからーん、と、ドアベルの丸みのある音が鳴った。「あれ？」と声をもらしたのは、ドアのほうを向いて座っていたエミだ。

「潤ちゃん？」

「あ、エミミ？」

エミのことを「エミミ」とあだ名で呼んだのは、３人とは違う制服を着た女子だった。ドアに背を向けていた紗月が、座ったまま「え？」と振り返って、目を大きくする。

「ほんとだ、潤ちゃんだ。久しぶりー」

「さっちゃんも！」

声を上げた女子生徒が、足早に３人のもとへやってくる。歩くたびに揺れる髪は肩より長く、派手すぎない程度に巻かれている。まつげが長いせいか、メイクをしているわけでもないのに華やかな印象のある女の子だ。

エミと紗月がそろって顔見知りらしい潤というその女の子は、詩都花にだけ軽く会釈した。

「そっか、詩都花は同じクラスになったこと、なかったもんね。でも、顔くらいは知ってるでしょ？　中２のとき、わたしとエミと同じクラスだった潤ちゃん」

「萩尾潤です。あたしは知ってるよ。桜木さんでしょ」

「ありがとう。桜木詩都花です。詩人の詩に、都に花って書くの」

挨拶もそこそこに、紗月が、空いていた自分の隣の席を潤に勧める。もちろん、詩都花にも断る理由はない。詩都花の正面に腰を下ろした潤に、エミが尋ねた。

「潤ちゃん、ここよく来るの？」

「ううん、今日が初めて……。ちょっと、甘いものが食べたくなって……ストレスかな？」

答える潤の顔に苦笑が浮かぶ。声は小さく、ハリがない。疲れたような表情で、ムリに笑っているように見える。

「何かあったの？」

ギリギリのところで表情を保っていたのだろう。紗月にそう問われたことが最後のひと押しとなって、潤の顔から笑顔が消えた。

そして、笑顔の下に隠れていた、青ざめた顔が3人を驚かせた。

「ど、どうしたの？」

エミが声を上げながらも、テーブルにあった紙ナプキンを何枚か抜いて潤に勧める。今にも泣いてしまうのではないか、と思えたのだ。

「じつは……この前、彼と別れたばかりなの……」

「えっ、あの彼と!?」

「ウソ、なんで!?　長いこと付き合ってたんじゃなかったっけ？」

事情を知っているらしいエミと紗月が同時に声を上げ、その言葉を聞いた潤が「はぁ……」とため息をついて、また目を潤ませる。

エミも紗月も、当然、詩都花も、何も声をかけられずにいると、申し訳なさそうな感じでカフェの店員がやってきた。注文がまだだったことを思い出したのは詩都花だ。しかし、エミと紗月は、それどころではない様子だ。結局、詩都花がマスカットのタルトとアールグレイのセットを4人分、小声で頼んでしまう。エミからも紗月からも、文句は出なかった。

たしかに、長い期間付き合っていた恋人と別れたのなら、そう簡単には立ち直れないかもしれない。

「なんで別れたか、聞いていい？」

うかがうように尋ねるエミをちらりと見て、潤は、決意したように口を開いた。

「——が、できたって……」

「え？」

「……ほかに、好きな人ができたんだって」

「何それ!?」と、紗月が非難の声を上げた。そのタイミングで、またしても申し訳なさそうに、店員がタルトとティーカップを4つずつ運んでくる。店員が、それらをテーブルに置いて去っていくのを待って、紗月は潤のほうへ身を乗り出した。つやつやと輝くマスカットも、今の紗月の心を奪うことはできないようだ。

「あたしが悪いのかなぁ……」

涙声のつぶやきが、ぽとりと紅茶の中に落ちる。

「あたし、愛情が足りなかったかなぁ……。束縛しているって思われないようにしてたつもりだったんだけど……もしかして、逆にそれがダメだったのかなぁ……あたしのこと物足りなくて、だから、ほかの女の子のこと、好きになっちゃったのかなぁ……」

「潤ちゃん……」

テーブルに置かれたタルトを見つめながら、潤は自分では止められないのか、抑揚のない言葉をボソボソとつぶやき続けた。

「あたし2年も、ずっと俊也にガマンさせてたのかなぁ……だったら、あたしが悪いよね。あたしが、バカだよね……」

「そんな……違うよ、潤ちゃん」

「そうだよ！　目移りするほうが悪いんだから！」

　エミはともかく、紗月は本気でそう思っていたわけではない。潤の彼氏は、ほかに好きな子ができて、二股をかけていたわけではないようだ。ほかに好きな女の子ができた時点で、潤に別れを告げたらしい。いくら恋人がいても、違う人を好きになってしまうことはある。そういう気持ちを否定することはできない。大切なのは、そのときにどういう行動をするか、ということだ。

　心の中では、紗月は、潤の彼氏の言動を非難していなかった。でも、そんなことを正直に言うつもりもない。だって、自分たちは、公平な立場で裁かなくてはいけない裁判官ではないのだから。

「失恋って、こんなに悲しいんだね。あたしもう、恋愛なんてできないかも……」

　そう言いながら、潤が、やっと顔を上げる。またムリに笑顔を作ろうとしているのが、ありありとわかるその表情に、先ほどまで慰めの言葉をかけていた紗月とエミも、何も言えずに視線を落とすしかなかった。

「そんなこと、ないと思う」

だから、詩都花が遠慮気味にかけた声は、意外によく通った。

3人から同時に視線をそそがれて、詩都花は少しとまどう。潤とは今日初めて会った自分が、こんなことを言うのは「おせっかい」かもしれないとも思ったが、潤の様子を見て、黙っていたくはなかった。

「恋には、バランスがあるんだって」

ゆっくりと、詩都花はそう切り出した。

「『恋の……バランス』？」

「そう。人ってさ、楽しいときは『ハッハッ』て笑うでしょ？　だから、8×8＝64。そして、悲しいときは『シクシク』泣くよね。だから、4×9＝36。ふたつ足してみて？」

「……100？」

答えたエミに、「そう」と詩都花は微笑みかける。

「つまり、それが恋のバランスなの。全体を100としたら、恋には、楽しいことが64、悲しいことが36の割合であるのよ。楽しいことのほうが多いんだから、いっぱい悲しんだあとは、きっと楽しいことが起こるよ。潤さんにもね」

励まされた潤よりも驚いた表情をしているのは、紗月とエミの2人だった。

「なんか、意外……」

紗月がつぶやく。

「おしづの口から、そんな言葉が出てくるなんて……」

「教えてもらった言葉だけどね」

「でも、すごくいい考えだと思う」

エミが両手を胸の前で合わせて、きらきらと瞳を輝かせた。それがなんだか気恥ずかしくて、詩都花はごまかすようにティーカップに手を伸ばす。

今、詩都花には、付き合っている人も、好きな人もいない。告白されたことは何度かあるが――星座占いを理由に、1日に何人もの男子生徒から告白されたときのことも含めて――付き合うことにはならなかった。

詩都花の初恋は、小学校6年生のときだった。紗月ともエミとも出会う前で――もちろん、それ以前から友だちはいたが――好きな男の子がいることは誰にも相談できなかった。

そのときも、詩都花は学級委員だった。初恋の相手は、同じクラスの男子。彼は、勉強よりもスポーツが得意な男の子だった。体育の授業や休み時間には誰よりも目立っていて、たぶん、自分にないものをもっていたから好きになったのだと、詩都花は思っている。

スポーツに打ちこんでいた彼は、宿題を忘れたり、提出物の期限を守らなかったりすることが、たびたびあった。そんな彼を注意するのも、学級委員の詩都花の役目だった。

彼が嫌がりそうなことを言うのは、気がひける部分もあったが、彼に話しかけるきっかけができるのだから、一方で嬉しくもあった。

「宮下くん。算数のプリント提出してないの、宮下くんだけだって。先生が、早く出しなさいって言ってたよ」

詩都花が注意しにいくと、彼——宮下将生は「へいへい」とおざなりな返事をして、また校庭に飛び出していってしまう。その走っていく背中にも、詩都花はときめいた。

将生の忘れ物グセは、それからもなおることはなく、そのたびに詩都花は学級委員の顔をして、将生に注意した。ほんのささいな会話だけれど、「学級委員」ならば将生と話ができる。

詩都花は、よりいっそう学級委員の仕事にはげんだ。

もしかしたら、宮下くんは、私に話しかけてほしくて忘れ物をするのかもしれない——そんなことを考えて、楽しい気持ちになることもあった。

その日も、将生は忘れ物をしてきた。

「宮下くん、夏休みの自由研究は？」

「自由研究っていうんだから、やるのもやらないのも自由だろ？」

「そういう意味じゃないよ。『研究するテーマは自由』っていう意味だから、出すのは全員だよ。宮下くんも、出さないとダメだよ」

詩都花の言葉に、将生は、「なんだよ」と言って、不満げにそっぽを向いた。そのとき、将生の横顔に、サッカーでかいた汗が光って、それもどこかカッコよく見えた。

「とにかく、早く提出してね。私だって、こんなこと、何回も言いたくないんだから」

念を押した詩都花に、将生が、にらむような視線を送って言った。

「言いたくないなら、何も言わなきゃいいだろ！」

その言葉は、ほんの少しのつながりでも持っていたいと思っていた詩都花を突き放すような、冷たい一言だった。

将生は、さらに続けた。

「桜木ってさ、名前『しずか』なのに、ぜんぜん『しずか』じゃねーよな」

「え？」

すぐには言葉の意味が理解できなかった。ナイフで切りつけられたことに気づかず、首をかしげる詩都花に、トドメを刺すように将生が強い口調で言った。

「だからぁ、名前は『しずか』なのに、静かどころか、口うるさいじゃん、おまえ」

ようやく先ほどの言葉の意味がわかって、刺された心臓がバクバクと鼓動を早める。対照的に、詩都花の身体は、固まったように動かない。その間に、将生はさっさとどこかへ走り去っていく。

颯爽と駆ける将生の背中が好きだったのに。男の子らしく汗を浮かべて笑う顔が好きだったのに。もう、その好きだった姿は思い出すことができない。それくらいショックだった。

こうして、詩都花の初恋は、相手に想いを伝えることもなく終わった。

詩都花の名前は「しづか」だが、音だけで聞くと「しずか」――「静」という字を想像する人が多い。だから、あのとき将生にも嫌みを言われたのだ。

好きだったから話したかった。宿題や忘れ物のことで注意していたのは、学級委員という立場を利用してただ話したかっただけだった。きっと、あの年頃の男の子からすれば、「恋愛」なんてサッカーボールよりもずっとずっと軽いし、扱いづらい。真正面から「好き」と言わなければ、詩都花の気持ちなんて伝わるはずがないのだ。

恋をするのは初めてだったし、気持ちを伝える機会を逃してしまったのは、ある意味、仕方のないことだったのかもしれない。

でも、あれ以来、自己紹介するとき、自分の名前は、「しずか」でも「静」の字でもないことを、申し添えることにしている。

「詩都花」という名前には、「詩」や「花」に想いをのせていた昔の人たちのように、ものや気持ちを大切に、優しさや奥ゆかしさを忘れずに人と接することができるように、という意味が込められている——そう両親が教えてくれた。

「すごくきれいな名前だね。素敵なご両親だなぁ」

「じゃあ、今日からは『おしづ』って呼んでいい？　大和撫子な感じの桜木さんには、ぴったりでしょ?」

中学に入って出会った2人がそう言ってくれたことも、この名前でよかったと思った出来事のひとつである。気恥ずかしいので、2人には黙っているが。

「ほんと、おしづって、いいこと言うわ」

感心した様子の紗月の言葉で、詩都花は我に返った。顔を上げると、真正面に座っていた潤の表情が見えた。先ほどよりも、いくらか明るくなった表情に、ほっとする。

「おかげで、ちょっと元気出たかも。ありがとう」

潤の言葉に、ますますほっとした詩都花だったが、そんなふうに感謝されるほどのことじゃないよ、と、くすぐったい気分にもなってくる。

「ううん。本当は、釈迦に説法だよね。だって私は、恋愛なんて、ろくろくしてないし、むしろみんなのことが、うらやましいし、いっぱい教わってる。私には、こうやって人にハッパかけるみたいなこと言うことしか、できないから」

するとそれを聞いた紗月が、何かをひらめいたような表情になった。その口もとがニヤリと、つり上がる。

「なるほどねー。それが、おしづの恋愛計算式ね」

「どういうこと？　紗月ちゃん」

尋ねたエミに、紗月がイタズラっぽい顔を向ける。

「おしづ、今、言ったでしょ？『恋愛なんて、ろくろくしてこなかった』。『人にハッパかけるばっかり』って。『ろくろく』と『ハッパ』、足してみなよ」

「え？　６×６＝36と、８×８＝64で……」

「え……１００だ。すごーい、さっちゃん！」

潤が目を輝かせ、紗月は得意げになる。それは少しこじつけじゃない？　と詩都花が反論しようとすると……。

「自分のことは36で、友だちのことになると64の気持ちをそそぐ。詩都花らしいと思わない？」

——まったく、紗月にはかなわない。

「紅茶、早く飲まないと冷めちゃうわよ」

「おっと、忘れてた！」

「タルト、おいしそうだね！　よし、おいしいものを食べて、終わった恋のことなんて、忘れちゃおう!!」

思い思いに手を伸ばし始めた友人たちを前に、詩都花は、手にしたティーカップのかげで、こっそりと微笑むのだった。

彼の好きなもの

「それにしても紗月、けっこう雰囲気、変わったよね」

下校途中のファストフード店。アイスティーの紙コップにささったストローから、唇を離して詩都花が言うと、紗月は「ほんと？」と顔をほころばせた。ポテトをつまんでいたのとは反対の手の指を、毛先に絡ませる。

「5センチくらい切ったんだけど、ヘンじゃない？」

「ぜんぜんヘンじゃないよー。紗月ちゃんに似合ってる」

エミと詩都花の言葉を聞いて、紗月は嬉しそうに微笑んだ。

「前も、短くしたときがあったものね」

女子は、お互いのファッションに敏感で、髪型なんかのちょっとした変化にも気づくのが「あたりまえ」だ。だからこそ、紗月の顔が一瞬曇ったことを、2人は見逃さなかった。

「どうしたの？　私も、似合ってると思うよ？」

「うーん、だったらいいんだけど……」

「もしかして……彼氏に気づいてもらえなかったとか？」

女子にとっての「あたりまえ」が男子に通用しないことは、よくある。しかし、エミの問いかけに、紗月は「ううん」と首を横に振った。ただ、言葉とは反対に、頰は不満げにふくらんでいる。

「さすがに、それは気づいてくれたんだけどさぁ……」

「なら、いいじゃない」

「そのあとが問題なの！」

紗月が身を乗り出した拍子に、テーブルの上にあったトレイに腕があたって、ガタタッと音を立てた。倒れそうになったドリンクのカップを、エミがあわてて支える。カップが倒れることはなかったが、ほっとしたエミが見上げると、そこには、怒りがにじんだ紗月の顔があった。

どうしたの？　とエミが尋ねる前に、もう我慢できないとばかりに、紗月が声を荒らげる。

「『あれ？　髪切った？』。そのあと亮介、なんて言ったと思う？　『紗月らしくないね』だって！」

「あー……」

詩都花とエミの、温度の低い声が重なった。

「『らしくない』は、ダメだね」

「マイナスな言葉は、ちょっとねぇ……」

「でしょ!? それってつまり似合ってないってこと!? もっと、わたしらしくしろって!? じゃあ、アンタの言う『わたしらしさ』ってなに!!」

彼氏に対して、さらに怒りがこみ上げてきたのだろう。紗月が、オレンジジュースの入っていた紙コップをベシャリと片手で握りつぶす。まぁまぁ、とエミがなだめても、紗月の怒りは収まらない。

「男って、なんでああ無神経なこと平気で言うんだろうね。そのせいで、前にあったムカッとしたことを思い出しちゃったよ」

「もしかして、元カレのこと？」

そう！ という言葉と、ドンとテーブルを拳で叩く音が重なる。紗月は、そのまま興奮気味に語り始めた。

もう片方の手の中では、いよいよ限界までヘコんだ紙コップが悲鳴を上げている。

＊

それは、紗月が高校に入って、最初にできた恋人だった。

おしゃべりが大好きで人見知りもしない紗月は、男子にも自分から話しかけていけるタイプで、昔から男友だちが多い。それに加えて、小さなことにはこだわらない性格のため、よく「サバサバしている」と言われてきた。

それが嫌なわけではない。けれど、彼だけはそんな紗月を「かわいい」と言ってくれた。そのことが、紗月は嬉しかった。

「とにかく、紗月の顔が好きなんだ」と言う彼を、紗月が不快に思ったことはない。オシャレに気をつかい、「常に笑顔でいること」をポリシーにしている――もちろん、怒っているとき以外、という注釈はつくが――紗月にとって、外見をほめられることは、その努力を認められることと同じだ。

　それに、「人は見た目が9割」とか、「第一印象は、会って数秒で決まる」とかという説もある。

「人間は外見だけじゃない」と言う人はいるが、だとしても、「内面だけが素敵」より「内面も外面も素敵」なほうがいいに決まっている。紗月は、そう思っていた。

　高校に入って付き合った、その彼と、オープンしたてのパンケーキ店へ行ったときのことだ。そのときの紗月は、髪を短くする前だった。長い髪がパンケーキに触れないよう、左手で押さえながら食べている紗月に、彼が、ぼんやりとした目を向けて言った。

「紗月ってさ、髪、ずっと長いままなの？」

「え？」

「紗月のショートヘアって、どんな感じなのかなーと思って。ショートって本当にかわいい子しか似合わないと思うんだよね」

「そう、かな……」

　パンケーキにフォークを刺したまま、紗月は彼の言葉の真意を探ろうとした。しかし、彼は自分の言葉に関心を失ったように、グラスの底のサクランボをストローで吸い寄せて遊んでいる。

そんな彼をぼーっと見つめていた紗月だったが、やがて我に返ると、長い髪を耳にかけて、再びパンケーキを口に運び始めた。

髪を切ってみようか。思いきって短くしてしまえば、食事のたびにこうやって、髪を気にかけなくていい。

それに、髪にジャマされることがなくなれば、自分を素直にほめてくれる彼の顔を、もっとまっすぐ見られるはずだ。

月曜日、紗月はそわそわしながら家を出た。10分も歩けば、彼と毎朝待ち合わせているバス停が見えてくる。今朝も、彼はすでにそこで待っていてくれて、ヒマつぶしにスマホをいじっていた。

画面に夢中になっている目をこちらに向けたとき、彼は、どんな顔をするだろう。紗月は彼が笑顔になるのを想像して、口もとをほころばせた。

「おはよー、シュウちゃん！」

紗月の声に、彼が画面から顔を上げる。そのまま、彼の瞳が紗月の顔をとらえて――その瞬間に、はっきりと、とまどいの表情を浮かべた。

とまどわれたことにとまどったのは紗月だ。最初は驚いて、でもそのすぐあとに喜びの色を見せてくれると――そして「かわいい」と、ほめてくれるに違いない――そう思っていただけに、彼の反応の意味するところが、まったく理解できなかった。

「紗月、なに、その髪……」

「この前、シュウちゃんが『ショートヘアってどんな感じなのかな』って言ってたから、切ってみたんだけど……」

紗月は、自分がとんでもないミスをしてしまったような気がして、ボソボソと言葉を濁した。その不安を確信へと変えたのは、彼の「ウソだろ！」という裏返った声だ。

バス停に並んでいたほかの利用客たちが、何事かという表情で紗月たちを見る。それにもかまわず、彼は声を大きくした。

「たしかに、『どんな感じなのかな』とは言ったけど、『似合う』とまでは言ってないよね。

『本当にかわいい子しか似合わない』って言ったんだよ！　紗月は、長い髪のほうが似合うって」

「でも、シュウちゃん、そんなこと一言も――」

「言わなくても常識じゃん！」

ヒステリックな彼の言葉に、紗月は、ハンマーで頭を殴られたような衝撃を覚えた。

さっぱりしたはずの肩や首回りに、髪を切る前よりも重い何かがまといつく。そこへ、トドメを刺すように、彼の言葉が割りこんできた。

「女の子がバッサリ髪を切ったら、失恋したってことじゃん。俺たちが別れたって思われたら、どうすんの？　それにさ、俺、みんなに『髪の長い子が好み』って言ってるんだよ。なのに、自分の彼女がショートカットって、おかしくない？」

ああ、そっか。シュウちゃんも「外面」を気にしてるんだ。ということは、わたしも、シュウちゃんにとっては「ファッション」の一部なのかもしれない。

紗月は突然――けれど、自分でも驚くほど冷静に――そのことを理解した。

人は見た目で相手を判断する。いくら「外見より中身だ」と言っても、無意識のうちに外見で判断していることはある。だから、自分はいつもオシャレをして、笑顔でいようと、紗月は努力してきた。

彼も紗月も「外面」を気にしている。そのことは同じ——だが、彼が重視している「外面」と、紗月が大切にしている「外面」は、あまりにも違っている。

「やっぱり、紗月は長い髪のほうが似合うから」

言いたいだけ言って満足したのか、紗月から目をそむけた彼が、少しして思い出したように「そういえばさ」と、昨夜のテレビの話を始めた。

いつもと変わらない様子で笑いながら、お気に入りのバラエティー番組のことを話す彼。大好きだったその笑顔を前にしても、胸が少しもときめかないことに、紗月は気づいてしまった。

——ああ、そっか。

その気づきもまた、驚くほど冷静で唐突だった。

「シュウちゃん」

紗月の呼びかけに、彼が話を止める。「何?」と、これまでと何も変わらない表情を向けてくる彼に、紗月も、変わらない笑顔を向けた。

「髪を切ると、すっごく気分がいいね。きっと、髪と一緒に気持ちも軽くなるんだね。だから、もっと身軽になろうって思うの。髪だけじゃなくて、あなたとの関係も切ることにする」

「……え、何それ？」

——よし、この顔ぜったい忘れない。

胸の中で、紗月は意地悪く笑った。その悪い部分は表に出さないように、できるだけサッパリ笑ってみせる。せっかく髪がサッパリしたのに、彼への気持ちだけグズグズするのは気持ちが悪い。

「わたしは、わたしの髪型じゃなくて、わたし自身を好きになってくれる人を見つけるから。だからシュウちゃんは、ショートヘアが似合うくらい『本当にかわいい』、けど『俺の好み』に合わせてロングヘアでいてくれる、いい子を探してね」

紗月はそう言い放つと、呆然と立ち尽くしている彼を置いて歩きだした。彼と一緒のバスに乗るのではなく、力強く歩きたい気分だった。せっかく髪を短くしたのだ。爽快な風を頬や首に感じていこう。

うしろから、「紗月！」と懇願するような情けない声が聞こえたが、振り返らなかった。紗月がポリシーをもっているのは「外面」に対してだけではない。ここで振り返ることは、紗月の「内面」の美意識に反する。

あと一ヵ月もすれば、高校に入って初めての夏休みがやってくる。今年の夏は猛暑になるとテレビで言っていたから、髪を切ったのはきっと正解だ。

＊

「ああ、あったねぇ、そんなこと」

エミが目を細めて懐かしそうに言うと、話し終えた紗月は、ふうっと息を吐いた。

「そんなに長い髪が好きなら、自分がロングヘアにして、鏡でも見て、うっとりしてろって話だよ」

握りつぶした紙コップをトレイに放り出しながら、紗月の言葉は、徹底して容赦がない。

「でも、今の彼は、そんな無神経な人じゃないでしょ？」

「そうだよ。紗月ちゃん、彼とのお見合いの話、してくれたじゃん。無神経な人だとは思えないよねぇ」

そう言って、詩都花とエミは「ねぇ」と顔を見合わせた。横で紗月は、「でも、だって……」と、今度はポテトの空き箱をつぶし始める。

「わたしらしくないって言われたら、それはちょっと、アレじゃん……」

「まぁ、複雑な気持ちになるのはわかるけど」

「でしょ!?」と、またもや声を上げて、紗月がテーブルをドンと叩く。

「だからわたし、わざとムッとして、そしたら亮介も気づいたみたいで謝ってきたんだけど、でも、やっぱりまだ納得できないよ」

紗月が、整えたばかりの髪をグシャグシャとかき乱したそのとき、テーブルの上で紗月のスマホが鳴った。ディスプレイにメッセージが表示され、視線を落とした紗月が、まばたきをする。その反応に、詩都花もエミも同時に確信した。

スマホを手にとり、しばらくの間じっと見ていた紗月が2人に視線を向けたとき、その顔には隠しきれないニヤけた笑みが浮かんでいた。

「彼、なんだって？」

詩都花が尋ねると、紗月の顔に浮かんでいたニヤニヤが、ますます深くなった。それを見て、詩都花は自分の読みが正しかったことを知る。

「紗月らしくないって言ったのは、いつもの紗月だったら、自分から『どう？　この髪型』って聞いてくるのに、今回はそれがなかったから、不思議に思っただけだよ、だって。髪を切った紗月は、今までの紗月とは違うけど、でも、今まで知らなかった紗月の表情が見られて嬉しいって……」

「ほら、やっぱり！　彼、紗月ちゃんのこと、大切に思ってるんだよ」

胸の前でパッと手の平を合わせて微笑むエミに、紗月は「そうかな……なんか怪しいけどね」とつぶやきながら、まんざらでもなさそうな表情を向ける。

「疑わない、でしょ。紗月ちゃんのポリシーは」と一生懸命にフォローするエミと、アイスティーの残りを飲み干す詩都花は、このときも、同じことを思っていた。

ロングヘアでもショートヘアでも、恋した相手のことを思って素直に笑っている紗月は、「かわいい」女の子だ、と。

正しい「気持ち」の伝え方

お弁当を食べるエミの顔がニヤけていることに、紗月はすぐに気づき、わざとらしい馬鹿丁寧な口調で言った。

「モリエミさん、何かいいことがあったのかしら？　先ほどから、ずいぶんと楽しそうに見えますわよ」

「紗月ちゃん、なに、その口調？　でも、そんなことより、ちょっといい話を聞いちゃって」

タコさんウインナーを頬張ったエミが、お箸を持ったままの手で口もとを押さえる。それでも、うふふ、と浮かれた笑い声が、唇からはもれていた。「そんなこと」と言われた紗月は、やや不満顔だったが、恋の話がデザートとしてふるまわれる予感に、すぐに機嫌を直した。

「お料理研究会の後輩に、雫ちゃんって子がいるんだけど、その子の恋愛のことでね」

エミの言葉に、それまで冷静を装っていた詩都花も瞳を輝かせる。

「雫ちゃん、ずっと野球部の先輩に片想いしてたの。あたしたちと同じ2年の山岡隼くん。知ってるでしょ、硬派で有名な、あの彼。とっつきにくいって言う人たちもいるけど、雫ちゃんは『ストイックでかっこいい』って、ずっと言ってて。あたしも応援してたんだけど、雫ちゃん、ついに山岡くんに告白したみたいなの」

「おー、やるじゃん、その子」

紗月の素直な称賛に、エミは自分がほめられた気持ちになった。雫という後輩をそれだけかわいがっているということが、紗月と詩都花にもよくわかる。

「それで、山岡くんはなんだって？」

「『俺、今は野球が一番大事なんだけど、そのことを応援してくれるなら』って」

「え、それって……」

「告白が成功したってこと？」

身を乗り出した詩都花と紗月に、エミは「そうなの！」と声を大きくした。

「雫ちゃん、初めての彼氏なんだって。すごく嬉しそうで、山岡くんとのこと、あたしにもいろいろ話してくれるんだけど……それがもうなんていうか、いちいちキュンとくるの！」

とうとう食事を中断し、エミが両手を胸の前でギュッと握りしめる。

「それでね、雫ちゃん、山岡くんから、『野球部に差し入れをしてほしい』って頼まれたんだって。雫ちゃん、お菓子づくりも得意だから、おにぎりとクッキーを作って持っていったらしいの。野球部の人たちも、おいしいって食べてくれたって喜んでた。でね、そのとき山岡くん、野球部のみんなに言ったんだって」

「言ったって、何を？」

「『これ、俺の彼女の雫。野球部のために、今日みたいに、差し入れを作ってもらったり、いろいろ協力してもらうことになった』って！」

そう言ったエミが、きゃあっと両手で自分の頬をはさむ。自分の恋愛にはとことん奥手なのに、人の話となると、乙女そのものだ。

「す、すごいわね……」

「ほんとすごいよね！　それに、まだあるの」

つぶやいた詩都花に対し、エミが珍しく早口で息まく。

「野球部のユニフォームを、『洗っといて』って頼まれることもあるんだって。制服のボタンがとれかけてたのも、直すように頼まれたって言ってたかな……。雫ちゃん、女子力が高いから、なんでもできちゃうんだよ。

あっ、あと、デートしてるときに、ぐいって肩に腕を回されて、ずっとそのまま歩いたとか――山岡くんって、見かけ以上にグイグイ引っぱっていくタイプで、頼れる男子って感じなんだって。雫ちゃん、愛されてるし、信頼されてるんだよね。あたしとはぜんぜん違う」

以前の手痛い経験を思い出したのか、やや自虐的にエミが笑う。「そうなんだ」と微笑みを返した詩都花だったが、その隣で、紗月は表情をくもらせていた。

「紗月、どうかした？」

気づいた詩都花が声をかけるが、紗月は「うーん……」と低くうなるばかりで、要領を得ない。その様子に不安を覚えたのか、エミの顔からも笑顔が消えた。エミの「お試し」事件で嫌な思いをしたのは、紗月と詩都花も同じだ。

「紗月ちゃん……？」

「あのさ、モリエミ。その雫ちゃんって子に、会わせてくれないかな」

エミには、紗月を拒む理由はなかった。

「これは、わたしの勘だけど、山岡くんがやってることはマウンティングだと思うの」

放課後、エミによって雫に引き合わされた紗月は、自己紹介もほどほどにそう言いきった。

突然、上級生にそんなことを言われた雫は、もとから丸い瞳をさらに丸くして紗月を見つめ、そして、紗月を連れてきたエミを見つめた。

「この人、何を言っているんでしょうか？」

という声が、テレパシーを使えないエミにも、はっきりと伝わってきた。

雫は、紗月たちの１学年下だが、それ以上に幼く感じる。エミも、妹を見るような、あるいは娘を見るような気持ちになっているのだろう。

しかし、そんな後輩にも紗月は手加減なしだった。

「山岡くんが雫ちゃんにしてることは、愛情というより、『マウンティング』って言ったほうが、しっくりくるのよ」

「マウンティング！　……って、なんですか？」

「相手との力関係をはっきりさせるために、自分が上であることをアピールすることよ」

「そんなこと、あるわけないじゃないですか」

反論する雫の声が、かすかに強張っている。それは先輩を前にしているからなのか、恋人に対して肯定的ではないことを言われたからなのか、横でこっそり聞いているエミと詩都花には判断がつかなかった。

強張る雫をじっと見て、最初に紗月が口にしたのは簡単な質問だった。

「山岡くん、雫ちゃんにちゃんと『ありがとう』って言ってる？」

「え……」

「差し入れしたり、ユニフォームを洗濯したりしてあげる雫ちゃんに、お礼は言う？『これ、俺の彼女』って上から目線な紹介する前に、まずは『ありがとう』でしょ」

雫の目線が、ななめ下にそれた。記憶を探っているようだが、すぐに「イエス」の答えは見つからないらしい。そこへ紗月は、たたみかけるように言った。

「それに、肩に腕を回して歩くのだって、場合によりけりだよ。雫ちゃん、小柄だから、野球部の男子とは当然だけど体格がぜんぜん違うじゃない。肩を組まれて歩くと、上から押さえつけられて引きずられるようなものでしょ。歩きづらいんじゃない」

「それは……」

雫の視線がさらに下がって、床に垂直降下する。かと思えば、何かを信じているような瞳がパッと持ち上がった。

「でも、ネックレスをプレゼントしてくれました。それって、お礼の意味だと思いますけど」

「それ、『いつもつけてて』って言わなかった？」

間髪いれずに紗月が言うと、雫が大きく目を見開いて制服の胸もとを押さえた。まさか、という表情だ。

「なんで……」と、おそらく無意識のつぶやきが雫の口からこぼれたのを聞いて、紗月は確信した。

「それ、言い方は悪いけど『首輪』と一緒だよ。『こいつは俺の彼女だ』っていうアピール。山岡くんが、それを意識的にやっているとは思えないけど、無意識でマウンティングしているんじゃないかな。……雫ちゃん、それでいいの？」

最後の問いかけだけ、紗月の口調がやわらかくなった。それに気づいたのだろう。紗月を見つめ返す雫の目が、わずかに細められる。

「だけど、山岡先輩は、『先輩』だし……。告白したのも、わたしからだし……」

「恋愛関係に、先輩も後輩も、上も下もないよ。それに、告白したほうが下手に出なきゃいけない理由もない」

雫の頼りない語尾にかぶせるように、ピシャリと紗月は言い放った。とたんに雫が、軽く頬を叩かれたような顔になる。紗月の口調は、言い聞かせるものに変わっていた。

「恋人どうしは『対等』よ。年齢とか上下関係で恋するわけじゃないでしょ？　雫ちゃんが山岡くんを好きでいることに口出しするつもりはないけど、自分が彼とどう接したいのか、どう接してもらいたいのかを伝えても、いいと思うよ。わたし、山岡くんのことをよく知っているわけじゃないけど、たぶん、ヒキョー者とかイヤな奴じゃないよね。だって、雫ちゃんが好きになったくらいだもん。でも、告白されて、『今は野球が一番』ということを認めてもらえて、ちょっと浮かれているんだと思う。もし、雫ちゃんがきちんと話をして、それでも聞いてもらえなかったり、逆に文句を言ってくるようなら、恋の相手に選ぶべきじゃないと思う」

きっぱりと言いきった紗月に、雫はしばらく、呆然とした目を向けていた。その目をあちこちに向け、何かを思案する様子を見せたあと、「考えてみます……」と小さくつぶやき、雫は3人の前から去っていった。

「これで、いろいろ変わればいいんだけどな」

そうつぶやいた紗月は、温かく後輩を見守る目をしていた。


後日、紗月と詩都花は、エミから報告を受けた。

「雫ちゃんが言ってたよ。『山岡先輩、最近は、手をつないでゆっくり歩いてくれるようになりました』って。雫ちゃん、山岡くんと話したみたい」

「そっか。それで山岡くんも変わったってことは、雫ちゃんのこと、ちゃんと好きなのね。よかった」

相づちを打ったのは詩都花で、エミも、また自分のことのように嬉しそうな表情になる。一方、表面上は無反応な紗月に、詩都花は話を振った。

「でも、あのストイックな山岡くんが、浮かれて調子に乗ってマウンティングしてる、って、よくそう思ったよね」

「逆だよ。雫ちゃんのことを考えたの。あんなかわいくて、けなげで女子力が高い女の子のこと、絶対に手離したくないと思うよ」

紗月は、推理を披露する名探偵のように、自説をとうとうと話し続ける。

『今は野球が一番』とかって気取ったことを言っちゃった手前、言いにくかったんだろうけど、たぶん、山岡くん、雫ちゃんのこと、どんどん好きになっていったんじゃないかな。彼女が離れないようにするために、無意識でマウンティング的にふるまったんだと思う。……まぁ、恋愛に不器用なんだね」

「それにしても、あのときの紗月ちゃん、かっこよかった。『恋人どうしは対等。年齢や上下関係で恋するわけじゃない』っていうの」

「たしかに、大学生の彼がいる紗月じゃないと言えないわね」

「年齢が上っていうだけで、えらそうにされたら、たまんないもん。年齢で決まるなら、はじめから、勝ち目のない負け戦だよ」

急に口調を変えた紗月に、エミが驚いたように質問する。

「え、戦？　紗月ちゃん、さっき、『恋人は対等』って……」

紗月は、ニヤニヤしながら、エミに答える。

「恋愛に、上下関係はないけど、勝ち負けはあるのよ」

「『勝ち負け』？」

「やっぱり、なんだかんだ言って、惚れたほうが負けなんだよ。雫ちゃんと山岡くんで言うと、告白したのは、雫ちゃんかもしれないけど、惚れたのは山岡くんだと思うよ。だから、これから山岡くんは、雫ちゃんには逆らえないんじゃないかな……」

なるほど、と詩都花とエミは目配せした。じつに紗月らしい主張だ。詩都花の中で、少しだけイジワルな気持ちが芽生える。

「年上の亮介さんに、惚れられてる自信があるのね」

「相変わらず、ラブラブだねぇ」

詩都花とエミがそう言った直後、紗月がふいっと目をそらし、少しだけ悔しそうな顔をした。詩都花とエミは、紗月の想定外の反応に、とまどった。

「たぶん、負けてるのはわたしよ」

小さくそうつぶやいて、紗月がほんのりと頬を染める。それもまた、２人にとっては想定外の反応だった。

愛の形

「この前プレゼントしたネックレスは、雫の好みを聞かないで選んできたものだから、今度は雫の好きなのをプレゼントしたい」

恋人の山岡隼にそう言われて、雫は頬が熱くなるのを感じた。

付き合いはじめのころ、隼は、雫に野球部への差し入れを求めたり、ユニフォームの洗濯を頼んできたりした。雫は、それが隼なりの愛情表現だと思っていたのだが、ある人物から忠告を受けた。

「山岡くんが雫ちゃんにしてることは、愛情というより、『マウンティング』って言ったほうが、しっくりくるのよ」

雫が所属する、お料理研究会の先輩である森エミの友人――宮野紗月という先輩の言葉だ。

紗月のアドバイスに、雫はなるほどと聞き入った。紗月のアドバイスにしたがい、雫は隼に、自分は「恋人」として、どう接したいのか、どう接してもらいたいのか、素直な気持ちを伝えたのだ。

すると、隼の態度が変わった。雫の希望や気持ちを細かく聞いてくれるようになり、「頼んでもいい？」とか「ありがとう」とかという言葉を、よく言うようになった。歩くときの速さや歩幅からも、ちゃんと気をつかってくれているのが伝わってくる。

それだけで、隼から受ける印象がずいぶん変わった。宮野先輩の言っていたことは間違ってなかったんだ、と雫は紗月を尊敬した。

付き合い始めてすぐに、隼が雫にネックレスをくれたことがあった。紗月に言わせれば、それは「首輪」のようなものだという。

その点も隼は反省したらしく、「雫がつけたいって心から思ってくれるものを買いにいこう」という話になり、今、雫は隼とともに、ショッピングモールのアクセサリー売り場に来ているのだ。

隼は、たくさんのアクセサリーがキラキラと輝く売り場内で、終始所在なさげにモゾモゾとしている。一方の雫は、隼とは違った理由で落ち着かなかった。

恋人にアクセサリーを買ってもらうなんて、ずっと憧れ続けてきたシチュエーションだ。大切な人からもらうものなんだから、じっくり時間をかけて、これだというものを選ぼうと決めていた。

ハートは、イキナリすぎるだろうか。こっちの、花の中心にガラスがはめられたデザインも、かわいい。

ああ、キスマークのモチーフがチャーミングな「キス・ミー」の新作もいいな。そうだ、ブレスレットにするのもアリかもしれない。ブレスレットはネックレスより自分でも見えやすいから、目に入るたびに隼を——彼の照れたような表情を、思い出すことができる。

それとも、もっと思いきって——

「やだも〜、ちょー迷っちゃうんだけど〜」

うしろから甲高い声が聞こえてきて、雫は思わず、そちらに顔を向けた。

そこには、1組のカップルがいた。年齢は、2人とも20代の半ばくらいだろう。チャラチャラした印象の彼氏の横に並ぶ彼女も、やはり彼氏に合わせたかのような明るい茶髪で、肩より少し長いそれをクルクルに巻いている。ボリュームのある髪型に負けじと、メイクも濃いめだ。

ショーケースをのぞきこんだ彼女のほうが、胸の前で手を組み合わせ、体をクネクネさせている。そんな彼女を見て、隣の彼氏がデレデレと顔をゆるめた。

「ユリたんカワイイから、どれでも似合うでしょ〜」

「え〜、そうかな〜？」

そう言って、彼女が彼氏の腕に自分の腕を絡める。あまりにも複雑に絡まっていて、まるで知恵の輪パズルのようだ、と雫は思った。それから、２人が何を前にイチャイチャしているのかと遠巻きにうかがっていると——

「雫？」

「ひゃいっ！」

盗み見していたところに声をかけられて、雫は跳び上がった。そのままの勢いで振り向くと、こちらも驚いた表情の隼がいる。

「ごめん、驚かせた？　……そろそろ、決まった？」

隼は、視線を向ける先を迷うように目を泳がせ、ひどく言いづらそうに尋ねてきた。こういう場所に、いよいよ、気まずくなってきたのだろう。

「あ、えっと……もうちょっとだけ、迷ってもいいですか？　せっかく先輩にプレゼントしてもらうものだから、じっくり選びたいんです」

隼の頬に、うっすらと赤みがさした。「そうか……」と、声になるぎりぎりの大きさでつぶやいた隼が、ポケットに両手をつっこんで、雫のもとから離れてゆく。本当は、一緒に選んでほしいんだけど……。でも、硬派な彼に、それを求めるのは、まだ少し難しそうだ。

と、そこへ、「ホントに決められない～」と、先ほどにも増して甘ったるい声が聞こえてきて、雫ははっとした。

「じっくり選びたい」と隼に言ったこともウソではないが、こっちが気になって、自分のアクセサリーを選ぶのがおろそかになってしまっていたのも事実だ。

指輪のショーケースの前で、例のカップルは相変わらずベタベタとしている。そこへ、ひとりの店員が「いらっしゃいませ」と声をかけた。こういう客にも慣れているのか、カップルに向けられた笑顔にはスキがない。自然と雫は、耳をそばだててしまった。

「どういったものをお探しでしょう」

「いやまぁ、彼女への愛のごほうびっていうかぁ」

かなり明るい茶色の髪をした彼氏のほうが、どこか得意げに言う。隼とは正反対のタイプ――一言で言ってしまえば、「チャラい」のだ。大ぶりのネックレスを首から下げ、耳にはピアスもたくさんついている。タンクトップから飛び出した肩や腕、ハーフパンツから伸びた脚は、じつによく日に焼けていた。

隼も野球部なので日焼けはしているほうだが、こうも印象が違うものなのか。そんなふうに雫が考えていたときにも、ショーケースをはさんだ状態で、店員とカップルの会話は続いていた。

「でしたら、こちらの小さなハートのものなど、いかがでしょう。先週出たばかりの新作なんですが、大人気なんですよ。女性らしいお客さまには、ぴったりかと」

「これ、カワイイ～」

「こちらは少し幅広のデザインになりますが、『エタニティーリング』と言いまして、シルバーとブルーの2色が『2人の絆』を表しています。ペアリングとしてオススメですよ」

「ステキ！　ケンちゃんと一緒につけられるし」

「それから、わたくしが個人的にオススメしたいのは、ピンクゴールドのこちらです。少しねじれる形になっているのが、洗練された大人の女性の印象かと」

「これつけたらユリ、ますます大人の魅力アップしちゃう！」

「ユリたん、今より魅力的になってどうするんだよ〜」

デレデレとした声を出した彼氏に頬をつつかれた彼女が、舌を出す。「てへっ！」という声まで聞こえてきそうだ。

　もったいない、と雫は思った。あの彼女、もっとシンプルな装いのほうが、顔立ちには合うのではないだろうか。たとえば、あの髪を黒に戻してパーマをとり、メイクもナチュラルにしたら……。

　髪やメイクで、女性の印象はガラリと変わるという。それと同じで、どういう人と一緒にいるかで、その人の趣味嗜好や性格までも左右されてしまうのではないだろうか。

――本当はきれいな人なのに、彼氏に影響されて、彼女もこういう雰囲気になっちゃったのかな。

　恋する２人に、まったくの部外者である自分が何かを言う権利はない。余計なお世話だろう、とわかっていながら、それでも雫は、そう思わずにはいられなかった。

「ねえねえ！　ケンちゃんは、ユリがどの指輪してたら嬉しい？」

そう言って彼女が、彼氏の左腕にしがみつく。人目を気にするという考えは、彼女にはないらしい。左腕のふさがった彼氏は「そうだなぁ……」と、右手の人差し指で鼻の頭をかきかき、少し眉を下げて答えた。

「どれでもいいんじゃね？」

――これは、「女子」の地雷を踏んだかもしれない。

雫がそう思ったときには、すでに彼女の表情が、嵐の直前の空のように曇っていた。解けない知恵の輪のように絡まっていた2人の腕が、あっけなく離れる。

「なにソレ!?」

「え」

「ケンちゃん、ユリに興味ないの？　どれが似合うか、考えてくれないんだ！」

あ、いや、それは……と、彼氏が目を泳がせた。しかし、ミスをしたのは彼氏のほうである。「どれでもいい」「どこでもいい」「なんでもいい」は、恋する女の子にとって禁句なのだから。

「なんで、そういう意味にとるかな!? オレは、どれでも似合うよって意味で言っただけだろ?」

彼氏が必死に弁解するが、時すでに遅しである。

「ケンちゃん、いっつもそう。調子がいいことばっかり言うけど、本当はユリに興味ないんだよね。もしかして、ほかに好きな女がいるの?」

「そんなことあるワケないじゃん。あっ、疑ってんの? 知ってんだよ。ユリがオレのケータイ見てること。それって、オレを信じてないってことだろ?」

「ケータイを見られたら何かマズイことでもあるの!? そんなだから不安になるんだよ。どうしてわかってくれないの!?」

「わかってないのは、おまえのほうだろ!」

マズイ、これはマズイ。でも気になる。雫は、その場から動けなくなった。いや、動きたくなかった。エスカレートしていく2人の言い合いに、つい先ほどまで笑顔でアクセサリーの説明をしていた店員も、さすがに顔を強張らせている。

しかし、そこはさすがにプロだった。

「お客さま！」

店員の声に、彼氏と彼女が同時に顔を向けた。このままケンカが続いたら、商品を売り逃してしまうことになる。店員はにっこりと、夏の日差しにも負けない笑顔を作ってみせた。

「仲がよろしいですね。お互いを深く想っている証拠ですよ。そんなお2人に是非、おススメしたいものがあるんです。こちらのペアリングは、いかがでしょう？　セミオーダーで、内側にお好きな言葉を彫ることができるんですよ。たとえば、お2人の名前を彫って愛を誓い合うなんていうのも、とても素敵だと思いますよ」

彼氏と彼女が、ゆっくりと顔を見合わせた。無言で交わされる視線のなか、もしかしたら、彼らにしかわからない会話がなされたのかもしれない。雫にとっては永遠とも思える沈黙が流れたあと、これまでの言い合いがウソのように、2人の顔に同時に笑みが広がった。

「じゃあ、これにします」

彼の優柔不断を責めたわりには、決定権は彼ではなく、彼女にあるらしかった。雫は、この場を収めた店員に、拍手を送りたい一心だった。これぞプロの仕事である。ケンカを収めただけではなく、きっちりと、2つも商品を売ったのだから。

カップルは再びイチャつきながら、指輪の内側に刻むメッセージを考え始める。決まるまでにかかった時間は、ほんの2、3分だった。そして、店員に伝える。彼氏のほうの指輪には「from Yuri to Kenji（ユリからケンジへ）」、彼女のほうには「from Kenji to Yuri（ケンジからユリへ）」。意外かつベタな結末に、雫は微妙な気持ちになった。

「セミオーダーなので、受け渡しまで1週間ほどかかります」と伝えられたカップルは、満面の笑顔で店を出ていった。

バカップルって、ああいうのをいうのかもしれない。結局、あの女性は、指輪が欲しかったのだろう。だから、ケンカしたり、嫌な思いをしても、彼氏に指輪を買ってもらうことを選んだに違いない。ああいうのも、宮野先輩が言う、「マウンティング」の結果なのだろうか。

そんなことを考えながら、雫が改めてネックレスのコーナーに向かおうとしたときだ。

急ぎ足で店に入ってきた人物の顔を見た雫は、今度は声を出すのをこらえることができなかった。「あっ」という雫の声が聞こえてしまったらしく、入ってきた人物が一瞬、雫の顔を見た。自分の心の声が聞こえてしまったに違いない。だから、文句を言いに、戻ってきたのだろう。そんなあり得ない妄想をしてしまった。

しかし、彼女は、そっと目を細めただけで、店の奥に進んでいく。クルクルに巻いた茶髪から、甘い果実系の香りがした。

それは、今しがた彼氏と腕を組んで出ていった、カップルの彼女のほうだった。

「ねぇ、あなた」

ショーケースに片方の腕をついて、彼女が店員を呼ぶ。その声に、雫は違和感を覚えた。先ほど、彼氏と一緒にいたときとは、まるでトーンが違う。

呼ばれて振り返った店員は、彼女たちの対応をしていた、あの店員だ。もちろん彼女のことは覚えていたようで、その顔を見て目を大きくする。

「どうなさいました？　お忘れものですか？」

店員からの質問に、彼女は目を細めてクスリと笑った。その笑い方までも、彼氏と一緒に店にいたときとは、ぜんぜん違う。たとえば――そう。先ほどが砂糖とミルクがたっぷり入ったホットココアだったとするなら、今は、苦味の強いブラックコーヒーだ。

これが彼女の素なのだとすると、あのボリュームのある茶髪を黒に戻してパーマをとり、メイクもナチュラルにしたとき、その手に似合うのは、やはり、ココアではなくブラックコーヒーに違いない。直感的に、雫はそう思った。

そしてブラックコーヒーの彼女は、２杯目のコーヒーを頼むくらい軽い口調でこう言ったのである。

「さっきお願いした指輪に彫ってもらう文字のことだけど、わたしのほうだけ、彫る文字を変えておいてくれない？　『from Kenji（ケンジから）』の部分をとって、『to Yuri（ユリへ）』だけにしておいてほしいの」

「え、でも……」

店員が彼氏に聞こえてしまわないかと心配したのか、低い声で話す。

「それですと、彼氏さんから贈られたものだということが――」

「いいのよ」

店員の言葉をさえぎって、彼女が肩をすくめる。本当は、あえて「すくめてみせた」というのが、正解だろう。

「あなただって見たでしょう？　さっきの彼の態度。そろそろ潮時なの。だから、文字を変えておけば、別れたあとでもアクセサリーとして使いやすいじゃない？　このお店だって、買われた指輪が長く使われたら、嬉しいでしょ」

それじゃあ、よろしくね。

事もなげにそう言って、彼女がひらりと身を翻す。ヒールをカツカツ鳴らしながら歩いてくる彼女を、雫は思わず見つめてしまう。そして、目が合った瞬間、クスリと彼女が優美に笑った——ような気がした。

——彼氏に影響されて、彼女もこういう雰囲気になっちゃったのかな。

少し前に、そんな感想を雫はもった。そういうことも、あるだろう。しかし、女子は、もっと強くて、もっとしたたかで、もっとしなやかだ。

去り際に目の合った彼女が、こう言った気がした。あなたもがんばりなさい、と。

「雫、そろそろ決まった？」

そこへ、こわごわといった様子で隼がやってくる。自分がここへ来た理由をハッと思い出した雫は言った。

「先輩、一緒に選んでくれませんか」

あの日を思い出して

私たち夫婦は、もう「新婚」ではない。それは、結婚して3年が経っているからではない。
高校の同窓会で5年ぶりに関口涼と再会して付き合い始め、2年後に「一緒に幸せになろう」とプロポーズされたとき、ミチルは嬉しくて泣いてしまった。婚姻届を出したあの日、涼と同じ苗字になったのがくすぐったくて、なかなか寝つけなかったのを覚えている。涼と一緒の生活は、すべてが楽しくて、こんな生活がずっと続くなんて、なんて幸せなんだろうと思った。そのときの気持ちは偽りではない。あのときの涼の笑顔も、偽りではないと信じたい。

あれから3年――今では、誓い合った愛などどこへやら、自分は涼にとって、ただ同じ場所に住んでいるだけの「同居人」になってしまったらしい。愛がなく、新鮮さを失った夫婦は、結婚して何年かにかかわらず、「新婚」などではないのだ。

涼の愛が冷めてしまった理由には、うすうす気づいている。結婚後、ミチルはほんの少し太ってしまったのだ。スカートやパンツのサイズが、ほんの2つほど大きくなり、お風呂に入ったときに湯船からあふれるお湯の量が、ほんの倍近くになり、マンションや駅の階段を上がれば、今までのほんの半分程度で息が切れるようになった。

そんな、ほんの少しのミチルの変化を、涼は許さなかった。

「そんなに、ぶくぶく太るのは、プロレスラーか相撲取りを目指してるからなの？」

「おいおい、また肉？　それがそのままぜい肉になってること、わからないの？」

「『ドライブに行きたい』？　おまえみたいなの乗せてたら、燃費が悪くなるんだよ。今どれだけガソリンが高いと思ってるんだ」

「おまえがいるだけで暑苦しいよ。温暖化現象の原因は、おまえじゃないの？　地球規模の迷惑だよ」

涼の暴言は、日に日にエスカレートしていった。3年前、照れ笑いを浮かべながらプロポーズしてくれた涼の笑顔を、ミチルはもう思い出せない。あのころの、優しくて、一緒にいるだけで心があたたかくなった夫は、もういなくなってしまった。

ミチルは、離婚を決意した。

妻から離婚を切り出された涼は、「わかった」とだけ答えた。「どうせ別れることになるなら、早いほうがいい」と、冷静に考えただけだった。

先に書かれた妻の名前に並べて、離婚届に自分の名前を書きこみ、印鑑を押す。明日にでも、この書類を役所に提出すれば、ミチルとは「他人」だ。

拍子抜けするくらい、あっけない「作業」だった。婚姻届を書くときは、恋が実った喜びと、彼女を守っていこうという責任感、そしてこれからの毎日への希望で、あんなにドキドキしたのに。

あの気持ちは、「若気のいたり」だったのだろうか。まだ、あれから3年しか経っていないのに、涼には、とても昔のことのように思える。

記入を終えてペンを置いたとき、涼は、自分の左手薬指に結婚指輪がはまったままであることに気づいた。結婚式を挙げたあの日から、ひとときもはずすことのなかった指輪は、涼の体の一部であるかのように指になじんでいる。

いつもそこにあるのが当たり前だった指輪をはずすと、とたんに、すうっと左手の風通しがよくなったような気がした。寝室の枕もとに指輪を置くと、涼は寝室を出た。

寝室から廊下に出て、涼がリビングへ入ろうとしたときだった。

小さなうめき声のようなものが、ドアのむこうから聞こえてきた。

え……と、涼はドアノブに触れた手を止めて、そっと耳をすます。聞こえてくるのは、ミチルの声だった。

音を立てないように、涼は、そっとドアを開けた。数センチできた隙間からリビングの中をうかがうと、こちらに背を向ける形でミチルがイスに座っている。その姿に、涼はハッとした。うなだれた彼女の背中が、小刻みに震えている。

泣いて、いるのか……？

涼がそう思ったタイミングで、涙声が聞こえてきた。

「どうしてこんなことになっちゃったの……」

落ちこんだその言葉と、彼女の前かがみな姿勢で、涼は悟った。ミチルも、先ほどの自分と同じように、結婚指輪をはずそうとしていたのだ。もともと離婚を切り出してきたのは、ミチルからである。しかし、離婚届を提出する今になって、ミチルの気持ちに変化が現れたのだろう。

「どうして……」

もれ聞こえてくるのは、声を殺して泣いている、ミチルの呼吸ばかりだった。

——どうして、こんなことになっちゃったの。

涙まじりのつぶやきが、涼の耳にこだまする。

どうして、どうして……あのころは、心からミチルを愛していた。その気持ちは、一生変わらないだろう。そう思っていたはずなのに。

＊

涼がミチルと出会ったのは、高校2年生の春だった。クラス替え後の最初の席替えで、隣どうしになったのが、ミチルだったのだ。

「お隣さんだね。よろしくね」

人懐っこい笑顔でミチルにそう声をかけられ、涼は「こちらこそ、よろしく……」としか答えられなかった。あまりにもそっけない返事になってしまったのは、同じ学校に、こんなにかわいい子がいるなんて知らなくて、緊張してしまったからだ。

ミチルの素直で飾らない笑顔は、いつ見てもまぶしかった。もっと話したい、声をかけたいと本当は思っていたのだが、女の子との接し方を、涼は知らなかった。

3年に上がるときはクラス替えがなかったので、ミチルとは2年間、同じクラスだったのだが、結局、ほとんど会話もしないまま、卒業の日を迎えてしまった。

そのときは激しく後悔した涼だったが、時間が経つに連れて、その後悔も少しずつ薄れていった。社会人になってからのせわしない生活のなか、ゆっくりと高校生のころの恋心を忘れていったのだ。

卒業から5年後に開かれた同窓会で、涼はミチルと再会した。

そして、ミチルはクラスのほとんどが集まった会場で涼の隣にやってくると、にこっと笑って、こう言ったのだ。

「また、お隣さんになったね。よろしく」

その瞬間、涼の頭の中は、高校時代のあの日の記憶で満たされた。

「そのセリフ、聞いたことある」

「うん、初めて会ったときにも言ったよ。覚えててくれたんだ」

そう言って照れたように笑う顔は、彼女を初めて見た瞬間に涼が恋した顔と、まるで同じだった。

「酔っちゃったから言うけど……高校のとき、わたし、関口くんのこと好きだったんだ」

変わらずきれいなミチルにそんなことを言われて、涼の酔いは一気にさめた。女の子から告白されるのも初めてだったし、その相手が、まさか自分の初恋の相手でもあるミチルだなんて、思いもよらなかったのである。

だから、同窓会がお開きになった直後、涼はミチルの手をつかんでいた。

「あっ、あのさ！　じつは、俺も！」


それから、交際が始まった。

初めてのデートは、港の見える公園だった。初めて手をつないで、その指の細さに少しだけ怖くなった。あまりにも細くて、折れてしまいそうで——だから自分が守らなければ、と、ミチルを愛おしく思った。

そして、交際を始めて2年が経つころ、涼は初デートのときに行った公園で、ミチルにプロポーズした。

「俺は、これからもずっと、ミチルと笑っていたい。一緒に幸せになろう」

そう言って、指輪を渡した。ミチルの表情は驚きから泣き笑いに変わり、何度もうなずいた。ミチルは指輪の箱を、壊れものに触れるような手つきで受け取ると、潤んだ瞳で涼を見つめ、こう尋ねた。

「指輪、今つけてもいい?」

それがどういう意味なのか気づくのに、涼は5秒くらいかかった。ミチルは、やっとその意図を理解した涼が、ぎこちない手つきで箱から指輪を取り出すのを、じっと待ってくれていた。

涼は指輪を、ミチルの左手の薬指に、ゆっくりとはめた。ミチルは、指輪が放つ銀色の輝きをうっとりと見つめたあと、右手で左手ごと指輪を包みこみ、胸に抱えるようにして、また泣いた。

「ありがとう。これからも、ずっと一緒にいさせてね。涼ちゃん……」

＊

あのときと同じだ――。

あのときと同じように、左手の指輪を胸に抱いて、ミチルがリビングで泣いている。ただ、涙の意味が、あのときとはまるで違う。

――自分と一緒にいられることが嬉しくて泣いてくれた彼女に、俺はこれまで、何をしてきたのか。そして、今、何をしようとしているのか。

そう思った瞬間、涼の胸に熱いものがこみ上げてきた。それが、「罪悪感」というものなのか、よみがえった「愛情」なのか、涼にはわからなかったし、どうでもよかった。

目の前のドアを勢いよく開けて、涼はリビングへ飛びこんだ。物音にミチルが振り返るより早く、彼女の体を背中から抱きしめる。腕の中でミチルがとまどったように身じろいだが、涼は力を弱めなかった。

「ごめん、ミチル。俺が悪かった。あれだけ、きみのことが好きだったのに……きみへの想いが届いて、幸せだったのに……きみを守るって約束したのに……そのことを俺は忘れていた。

ほんの少し外見が変わったくらいで本当にごめん。最初のうちは、好きだから、ちょっとかかっているだけだったのに……それが止められなくなってしまっていた……これから、もう一度、きみを幸せにしてみせる。俺が必ず、きみを幸せにするから」

ミチルの体を抱きしめる腕が、強く抱きしめ返された。それが、ミチルからの答えだと思った。

——こんな俺を許してくれて、ありがとう。

涼の視界で、銀色の指輪がキラリと光った。今、ミチルが指にしているのは、結婚指輪だ。涼が公園で贈った婚約指輪とは違う指輪だが、誓い合ったことは変わらない。

小さな指輪が、俺たち夫婦の絆を結び直してくれたんだ。胸に熱いものを感じながら、涼は、静かに、しかし強くミチルを抱きしめ続けた。

それから数ヵ月——。

ミチルは、お腹に新しい命を宿した。妊娠の報告を、涼は素直に喜んでくれ、ミチルのことを、さらに気づかってくれるようになった。相変わらず体型はぽっちゃりしたままだが、以前のような暴言を吐かれることは、もうない。

妊娠5ヵ月目に入り、そろそろ目立ってきたお腹をなでながら、その日ミチルはひとりで産婦人科を訪れた。

「順調ですね。赤ちゃんにも、お母さんにも、異常なしです」

それから医師は、今のうちに結婚指輪をはずしておくよう、ミチルに言った。

「妊娠中期以降は、とくに体がむくんで、指輪が抜けなくなる可能性があります。ですので、今のうちにはずしておくことを、当院では推奨しているんですよ」

気のよさそうな医師の言葉に、ミチルは自分の左手を持ち上げた。

結婚するまでは、小枝のように細かった指。「折れそうで心配だよ」と、涼に苦笑されたことさえあった。教会で指輪の交換をしたときも、ゆるいんじゃないかと思うくらいスルリと指に通ったのに、それが今では、ミチルの体の一部であるかのように指になじんでいる。

「それが、ダメなんですよ、先生。以前にも、ちょっと事情があって、必死にはずそうとしたことがあったんですけど、全然抜けないんです。もう指の肉に食いこんでしまって……」

あの日――離婚届を書いた日の夜、早く指輪をはずしたくてしょうがなかった。それなのに……体が震えるくらい力をこめて抜こうとしたのに、指輪は肉に食いこんで、まったく動かなかった。太ったことに対する夫の悪口は絶対に許せなかったが、こんな状況の自分があわれで、もう泣くしかなかった。

「ダメ……はずせない……。本当にもう、どうしてこんなことになっちゃったの」

ミチルは、肉づきのよすぎる肩を落とし、ため息をついた。

「やっぱり、もう少しだけこの指輪をつけているしかないのね」

数ヵ月前のあの夜、もしもこの指から指輪が抜けていたら、自分は違う道を進んでいたかもしれない。この指から結婚指輪が抜けたとき、自分はカゴから逃げ出した鳥のように、自由な空へ羽ばたいてゆけるのだろうか。

真昼にそんな夢を見ながら、ミチルは、うっとりと自分のお腹をなでるのだった。

「そのときは、あなたがママと一緒に来てね」

ポコンと、内側から返事があったような気がした。

パタンと本を閉じて、エミは深々とため息をついた。

友だちに「おもしろいよ」と勧められた本の最後に収録されていた一編。これがハッピーエンドなのかバッドエンドなのか、エミにはわからない。

指輪は幸せの象徴なのに……と、エミは頬杖をついたまま肩を落とした。そのとき、「ごはんよー」と母親の声が聞こえてくる。

エミが自室を出てダイニングへ向かうと、母親が機嫌よく、ゴハンをよそっていた。茶碗を持つ左手に、結婚指輪が光っている。

「今日、パパは？」

「お仕事で遅くなるんだって。『先に食べてて』って、メールがきたわ」

「そうなんだ……」と答えながら、エミの頭に、ひとつの疑問がよぎった。あんな小説を読んだせいだ。

「ねぇ、ママ……」

「なぁに？」

「ママはさ……パパと結婚してから、もう一緒にいたくないとか、思ったことある？」

エミの思いきった質問に、母親は、テーブルにスープを置いた直後の手を止めた。まん丸に見開いた目が、エミを見つめる。

あぁ、聞かないほうがよかったかな……と、エミが少し後悔したときだった。

ぷっ、と抑えきれなかったような笑い声が、母親の口からもれた。

「何を言うかと思えば……ないわよ、そんなこと。だって、パパ、とっても素敵なものをプレゼントしてくれたし」

「それって、結婚指輪のこと？」

母親は、テキパキとテーブルに食事を並べながら、笑顔で答える。

「結婚指輪？　そんなの、べつに大事じゃないよ。パパがくれた素敵なプレゼントは、あなたたち3人よ」

「なに、その優等生な答え!?　じゃあ、あたしたちがいなかったら、どうなの？」

今度は、母親は笑うだけで答えてくれなかった。

しかし、エミは、自分の質問の答えなど、まったく聞くまでもないことを、先ほどから感じとっていた。いや、正確に言うと、嗅(か)ぎとっていた。

じっくり煮(に)こまれたトマトベースの濃厚(のうこう)な香(かお)り――今日は、ハヤシライス、父親の大好物だ。テーブルに用意されているのは3人分――3人の子どもに先に食べさせて、母親はあとから父親と一緒に食べるのだろう。

「あ、サラダも出さなきゃ」

思い出したようにそう言った母親が、胸の前で手を合わせる。その左手の薬指に光る指輪は、やっぱり幸福の象徴であってほしい。エミは、そう願った。

会いたくて、ふれたくて

彼女は僕にとって、誰よりも、何よりも大切な人だった。そばにいるのが当たり前だと……彼女の笑顔をいつも近くで見守っていられるはずだと、なんの疑いもなく僕は信じていた。

それなのに——

彼女は、僕の隣にいない。ふとした拍子にそのことを思い出し、ギリギリと胸を締めつけられて、僕はひとりで涙を流すのだ。

僕は彼女と、ずっと一緒に生きていく。そんな夢を見ていたころは、幸せだった。僕のせいで、そんなささやかな夢が遠くに行ってしまった。すべて僕のせいなんだ……。ときどき涙が止まらなくなるのは、水風船のようにスカスカな夢が、限界まで膨れ上がって、割れるからかもしれない。

どうしても涙が乾かなくて困ったときは、空を見上げて彼女に語りかけることにしている。

すると、優しい彼女が、そっと言葉を返してくれるのだ。

私は、あなたのすぐ隣にいるよ。だから、悲しまなくてもいいんだよ。ほら、笑って。あなたの笑っている顔が、私は大好きなんだから。

やわらかな声が聞こえてきて、僕の涙はようやく止まる。頬にこぼれた最後の涙の一雫を、彼女が形のいい爪のついた指先ですくい取ってくれたような気がして、やっと僕は微笑むことができるのだ。

けれど、恐ろしいことに、彼女の手から伝わってきたぬくもりを、日に日に僕は忘れそうになっている。彼女に、この手は届かない。僕にできるのは、記憶の中の彼女にすがりつくことだけ。その記憶も曖昧になってしまっては、僕のもとから彼女が永遠に失われてしまう。それは、この世で一番の不幸だ。

だから、そんな恐怖にとりつかれたとき、僕は、彼女との思い出がつまった場所へと足を運ぶのだ。

この公園も、そのひとつ。小春日和のあの日、僕たちが初めて出会ったこの場所には、彼女の影が一番色濃く残っている。

あの日、なんとなく学校に行く気になれなかった僕は、日射しの心地よさに手招きされるようにして、この公園に足を踏み入れた。太陽のエネルギーを全身で吸った子どもたちが元気に遊びまわっている。平和なその声を耳にしながら僕はベンチに座ると、読みかけだった文庫本を開いた。

その瞬間、風が吹いた。小春日和にまどわされて季節を勘違いしたのか、春の嵐が舞い戻ってきて、僕に小さな意地悪をした。文庫本に挟んであったしおりをさらわれてしまったのだ。砂場のそばに落ちたしおりは、すぐに拾い上げられた。なんでもない、ペラペラの、文庫本が読み終えられたらゴミ箱にいくかもしれない紙切れを、彼女のその手は、とても大切そうに拾い上げてくれた。

――それが、桜木詩都花との出会いだった。

そのときに読んでいた小説の、登場人物のような女の子だった。黒く、さらさらのロングヘアと、泉のように澄んだ瞳。制服を着ていたから、高校生であることは間違いなかったけれど、ほかの女子高生よりはるかに大人っぽい雰囲気が印象的だった。

そんな彼女が、拾ったしおりを、「どうぞ」と差し出してくれて、受け取るときに指先がふれあった。一瞬のことだったのに、ふれたところに電流が走った。ほっそりとした白い手に、薄く形のいい爪。天使――いや、女神のような気配をまとった彼女に、僕はどうしようもなくひかれた。春の嵐は、僕に意地悪をしたのではなく、とてつもない幸運を運んできてくれたのだ。

彼女のことをもっと知りたい。ずっと近くで見ていたい……。彼女への気持ちがどんどん言葉になって湧き上がってきた。そんな経験はしたことがなかった。

僕は勇気を出して、彼女に声をかけた。

「あ、あの……」

こうしてベンチに座ると、あの日のことが甦ってくる。

僕は、カバンから取り出した文庫本を、そっと開く。あの日、ここで読んでいた小説。それは、高原のサナトリウムを舞台にした、青年と重い病に冒された少女の物語である。あの日、詩都花が拾ってくれたしおりは、物語の中に出てくる有名な詩句「風立ちぬ、いざ生きめやも」のページに、今も挟んである。

運命の出会いだったんだと、今だからこそ、本気で思う。それまで誰に出会っても、あんなふうな衝撃を感じたことはなかった。詩都花とは、出会うべくして出会ったのだ。僕は彼女に夢中になった。

それなのに――

僕には今だって、それにこれからも、詩都花しかいない。なのにどうして、運命は僕たちを引き裂くのだろう。こんなに詩都花を想っているのに。フラフラとさまよってしまうほど、詩都花を求めているのに！

公園だけでは足りない。僕はしおりと文庫本をそっとカバンにしまいこむと、詩都花との思い出が残る場所をさらに追い求めて歩き出した。

詩都花は、公園から歩いて10分くらいの場所にある高校に通っていた。初めて詩都花と出会ったとき、彼女が着ていた制服ですぐにわかった。

詩都花が初めて僕に私服姿を見せてくれたとき、彼女は白地にブルーの花柄のワンピースを着ていた。清楚な魅力がますます増して見えて、僕のためにこのワンピースを選んでくれたのかと思うと、その健気さが愛おしくてたまらない。僕はいっそう、詩都花のことを好きになった。

詩都花は高校で、天文部に入っていた。おかげで、星になんてまるで興味のなかった僕も影響されて、よく夜空を眺めるようになった。夏のサソリに、大三角。春は北斗七星。冬は、なんといってもオリオン座の輝き。

きっと、結婚して子どもができたら、一緒に星を数えるお母さんになるんだろう。そんなふうに思ったことが、記憶の引き出しからぽろりと出てきて、胸が痛んだ。

悲しい痛みをごまかすように歩幅を大きくして、僕は、とあるコーヒーショップの前に立った。この店を教えてくれたのも、詩都花だ。彼女の家の近くにあるので、ここでコーヒー豆を買うのが彼女の日課だった。

詩都花は、僕と同い歳くらいに見える「堺さん」というアルバイトの女性店員と仲がよく、僕をそっちのけで話しこむことがよくあった。ノケモノにされて、少し寂しい気もしたけれど、友だちと夢中になって話しているときの詩都花の笑顔も、またかわいい。彼女のいろんな表情が見られるのは、僕だけの特権だった。

けれど、この店に詩都花はもう来られない。仲がよかった「堺さん」も、悲しんだだろうと思う。それだけ詩都花は魅力的な女の子だった。

ここにいると、運命の残酷さに押しつぶされそうになってしまう。僕は店に背を向けて、今度は、あてもなく歩き始めた。

このあたりは、詩都花が生まれ育った場所だ。あちらこちらに詩都花の影が残っているような気がする。

ふわりと何かが視界の隅で揺れたような気がした。目を向けると、ショーウィンドウに淡いブルーのワンピースが飾られている。花の模様が散らされた、かわいらしいワンピースだ。

あぁ、初めて僕に私服姿を見せてくれたときに、詩都花が着ていたものによく似ている。

記憶の波が押し寄せる。詩都花の声、におい、瞳の光。しおりを渡されたときに、ほんのわずかだけふれた指先の感触。そこから僕の体に伝わってきた熱までもが、また鮮明に思い出された。

ショーウィンドウに詩都花がいるようで、手の届かない詩都花がすぐ目の前にいるようで、僕はガラス越しにワンピースを見つめたまま立ち尽くしていた。

「プレゼントをお探しですか？」

「え？」

ふいに横から声をかけられて我に返ると、そこに、ひとりの女性が立っていた。

「とても真剣に見ていらっしゃったものですから、プレゼントをお選びになっているのかと思って。これ、ウチが一番にオススメしているワンピースなんですよ。彼女さんも喜ばれると思います」

一生懸命さの伝わるセールストークは、聞いていて不快な気はしない。何より、「彼女が喜ぶ」という言葉が、僕にとって決め手になった。

「それじゃあ、これをいただこうかな」

「はい！　ありがとうございます！」

ぱあっと顔を輝かせるところも、愛嬌がある。もちろん、詩都花の笑顔には比べものにならないが……。

プレゼント用に包んでもらったワンピースを手に、僕は店を出た。もしも、これを詩都花に渡すことができたなら、小春日和のようにあたたかい笑顔を、僕に向けてくれただろうか。

僕の手は詩都花に届かない。今の僕には、彼女との時間を想像するしかできない。それが、残酷な運命のもたらした現実だ。すべて、僕のせいなんだ……。

でも、詩都花に会えないなんて、もう限界だ。――「風立ちぬ、いざ生きめやも」。もともとフランスの詩人が書いた詩では、「風が吹いた。さあ、生きよう」という意味だった。しかし、それを引用した作家が、「いざ、生きめやも(さあ、生きよう。いや、生きない)」と誤訳してしまったのだという。今の僕には、その誤訳が落ち着くのだ。詩都花にふれられない人生に意味なんてない。

ラッピングされたワンピースを手に、僕は駆け出した。

わかっている。たとえどんなに急いだところで、僕の手は彼女に届かない。もう一度、彼女に会いたくて、そして、ふれたくて、胸の痛みをとるために僕にできることは、ひとつしかないのだ。

切なさのせいなのか、走り続けたせいなのか、キュウッと締めつけられる胸に手をあてて、僕は立ち止まった。そこは、マンションの前。

僕はマンションに向かって歩を進め、エントランスの見える茂みの陰に、体をすべりこませた。まだ少し時間が早い。包んでもらったワンピースを手に、僕は時の流れに身を任せた。

どれほど、そうしていただろう。気づけば、あたりはすっかり夕闇におおわれ、マンションの窓のところどころに、明かりが灯っている。僕にはその光が、地上にこぼれ落ちた星に見えた。

その明かりの下に、こつこつと足音が近づいてきた。聞き慣れた音に耳が反応し、次に体が反応して、僕は茂みの陰でいっそう小さくなる。

そこへ、桜木詩都花が歩いてきた。親しげに、2人の女子高生と語らいながら。

ああ、やっぱり、本物のきみは美しい。

初めて出会った、あの日よりも。きみにふれた最初で最後の、あの日よりも。またいっそう可憐さと美しさを増したように見える。僕は素直に、それが嬉しい。

すべて、僕のせいなんだ。僕が勇気を出せなかったせいなんだ。あのとき——公園でしおりを拾ってもらったとき、僕は、緊張して、「あの……」とうわずった声を出すのが精いっぱいだった。僕がもっと勇気を出して、詩都花にきちんと愛を伝えられたなら、彼女をこんなにも待たせることはなかった。

いつだって、僕は想像力をめぐらせて、彼女のすべてをイメージしてきた。詩都花のぬくもり。詩都花の肌の感触。詩都花の髪から流れてくる香り。詩都花の笑う声。笑顔。けれど、本物の詩都花を前にすると、それらがうすっぺらいものに思えてしまう。

きみにもう一度ふれることができたなら、僕はいつ死んだっていいと思ってるんだ。いや、きみのために生きて、きみを守りたい。たとえ、きみが僕の存在に気づいていなかったとしても、それでも、きみのことを一番に想っているのは僕しかいないんだ。きみをずっと見ている僕だからわかるんだよ。

詩都花のために買ったワンピースを、僕は胸に抱き寄せた。いつか、詩都花自身を抱きしめる、そのときの準備をするつもりで。

「本物のきみを、いつか、きっと手に入れるから」

エピローグ

——本物のきみを、きっと手に入れるから。

ズシリとした重たい気配を背後に感じるとともに、陰鬱な声が聞こえた気がして、紗月はバッと振り返った。

「誰!?」

紗月の鋭い声に、茂みの陰にいた大学生くらいの男が、ビクリと立ちすくむ。紗月から少し遅れて振り返っていたエミと詩都花も、その男を見て目を見開いた。

「おしづ、コイツ?」

「うん、たぶん」

「ウソウソ、ここまで来ちゃったの?」

紗月の背中に隠れながら、詩都花とエミが小さな声で言う。おびえた表情になっている2人の友人をかばいながら、紗月はキッと釣り上げた目で男をにらみつけた。

「あんたね？　詩都花をつけまわしてるストーカーは！」

紗月の言葉に、今度は男が目を見開いた。

「えっ!?　詩都花、ストーカーに狙われているのか!?　僕が見ている限りでは、そんな奴には、まったく気づかなかったけど……」

「ストーカーって、あんたのことよ!!　それに、なにが『詩都花』よ！　なれなれしく呼ばないで！　去年の秋くらいから、あんた、ずっと詩都花のまわりをウロウロしてたんでしょ？学校とか、詩都花がよく行くお店とか……そういうのをストーカーって呼ぶのよ！」

そんな……と、動揺の表情で繰り返しながら、プレゼント用にラッピングされた何かを抱きしめる男を、紗月は容赦なく追い詰める。

「それ、プレゼントのつもりなら、持って帰って。詩都花は受け取らない。ムリヤリ押しつけるつもりなら、今すぐ、警察を呼ぶわよ」

そう言って紗月がスマホを取り出してみせると、男の顔から血の気が引いた。

「あ、う、い……」と、言葉にならないうめき声をこぼす男の震える腕の中で、きれいなラッピングがクシャクシャになっていく。

　トドメを刺すように、紗月は男に向かってスマホを突き出した。

「警察を呼ばれたくなかったら、二度と近づかないで。もしまた、あんたの気配を感じたら……詩都花のことを怖がらせたら、絶対にあんたのことを許さないから!!」

　紗月がそう言い終わるより早く、男は3人に背を向けて駆け出していた。男の姿が完全に視界から消えて、たっぷり1分。紗月は、自分の背中にしがみついていた両手から、力が抜けるのを感じた。さぞかし怖かっただろうと、自分にしがみついている大切な友人のほうを振り返ると——そこにいたのは、エミだった。詩都花は、そのうしろで、ややポカンと2人を眺めている。

「えっ、なんでエミがしがみついてるの?」

「だって怖くて……。なんで、あんな男の人がいるんだろ……」

「エミ、ゴメンね。怖がらせて」

　詩都花が、エミに対して、本当に申し訳なさそうな表情を向けている。

　そんな詩都花に、紗月が、一応のツッコミを入れた。

「いやいや、怖い思いをしたのは詩都花だし、悪いのはあの男なんだから、詩都花が謝る必要はないんだよ」

「ありがとう紗月。けど、あんなふうに言って逆上されたら、紗月が危ないんじゃゃ……」

守ってもらった手前、言いづらい、といった様子だったが、紗月には詩都花が何を言いたいのか、手に取るようにわかった。

「平気、平気。逆に、あれくらいはっきり言わないと、あの人、よけいに勘違いしちゃうから。これ以上こじらせたら、あの人だって取り返しがつかなくなっちゃうよ」

それよりも……と、紗月はマンションを見上げて、息をつく。

「おしづのご両親が海外に行ってる間、ウチに泊まってもらうことにして、よかったよ。おしづがひとりのときに、こんなことに遭遇してたら、と思うと、ぞっとするよ」

「たしかに、そうね……」

まだ少し震えの残るエミがつぶやいた。

「あの人、詩都花ちゃんがよく行くコーヒーショップにも、来てたんでしょ？　今は改装中で閉まってるから、お店でバッタリなんてことにはならなかっただろうけど……それでも、近くをうろついてた可能性は高いもんね」

それは、そうだけど……と、詩都花はそれでも申し訳なさそうにうなだれた。

「でも紗月、『警察を呼ぶ』なんて、おどすようなこと言っちゃったし、こうやってマンションも知られちゃったし、もしも、あの男が紗月に復讐しに来たら……」

「だーいじょうぶだって！　わたし、人を見る目があるから。さっきの男に関して言えば、そんな思いきったことする勇気なんて、絶対にないはずよ。たぶん、今ごろ、あの男の脳内で、自分を納得させる美しい失恋の物語ができているんじゃない？」

紗月は、あくまで強気で言い張る。しかし、詩都花は気づいていた。強気な言葉と表情とは裏腹に、紗月の足が小さく震えていることに。詩都花は嬉しくなって、愛おしくなって、紗月を抱きしめたくなった。めったに流したことのない涙がポロポロとこぼれ落ちる。

その涙を紗月は勘違いしたようだ。さっきまでの強い口調とは違う、落ち着いた口調で言った。

「おしづは、もっと早く相談してくれればよかったのよ。ストーカーかもしれないなんて……しかも、去年の秋ぐらいから感じてたなんて、怖かったでしょ？　相談してくれたら、うちの筋肉バカ兄貴にでも言って、ソッコーで撃退してたのに」

紗月の言葉に、詩都花は、ようやく調子を取り戻して、いつもの苦笑を浮かべた。

相談すれば、紗月がそういうふうに言ってくれるであろうことは想像がついた。だからこそ言えなかった。自分のせいで、紗月やエミまで危険な目にあわせたくはない。

詩都花がそう言うと、紗月はパチパチとまばたきしてから、「はぁ……」とわざとらしく肩を落としてみせた。

「ねえ、おしづ。わたしたちが決めた、３つのルールって、なんだっけ？」

「え？」

唐突にそう聞かれて、詩都花は一瞬、答えにつまった。そんな詩都花をじっと見つめる紗月は、答えて、と目で訴えてくる。この状況に、詩都花は既視感を覚えた。もっとも、そのときは、紗月と詩都花の立場が真逆だったのだが。

詩都花は、突然の質問にとまどいながらも、沈黙に耐えかねて口を開いた。

「一つ……『二股禁止！』」

「うん」

「二つ……『人の恋路の妨害禁止！』」

「うん、それから？」

「三つ……『悩みを抱えてくよくよするの禁止！』、それと……」

「あ、そのあとはいいよ」

紗月が、にっこりと笑顔になる。笑った目が、紗月の名前のとおり三日月のようだ、などと場違いなことを詩都花は思った。

「しんどいことがあったら、とにかく相談して。ひとりでは、どうにもできなくても、3人で考えたら解決策が見つかることだって、きっとある。話すだけで楽になることだって、あるでしょ？　恋の悩みも、それ以外でもね。わたしは、詩都花やエミが悩んだときに少しでも役に立てたら嬉しいし、自分が悩んだときには、2人に支えてほしい。だって、2人は、わたしの大切な親友なんだから」

紗月ちゃん……とつぶやいた親友が、ガバッと抱きついてくる。

「えっ、なんでまたエミが抱きついてくるの!?　ここは、詩都花が抱きついてくるところでしょ!?」

「だって、あたし、なんか感動しちゃって……」

2人のやりとりは、詩都花の胸をほっこりと温めた。

「ありがとう、紗月、エミ」

ようやく、心からの笑顔を見せた詩都花に、紗月は満足げにうなずいた。

「よし！　じゃあ、ウチでお茶しよう。エミも寄ってって。おいしいシュークリームがあるの」

「えっ！　シュークリーム!?　早く食べたーい!!」

「それなら、深冬(みふゆ)ちゃんのお店のコーヒー、家から持ってってくればよかったかしら」

3人は、談笑しながら紗月が暮らすマンションのエントランスに入っていく。足取りも軽い3人の頭上には、きれいな夕焼け空が広がっていた。

明日も、いい天気になりそうだ。

5分後に恋の結末

友情と恋愛を両立させる3つのルール

2018年1月2日　第1刷発行

著　橘つばさ・桃戸ハル
絵　かとうれい
発行人　川田夏子
編集人　川田夏子
企画・編集　目黒哲也
発行所　株式会社 学研プラス
〒141-8415 東京都品川区
西五反田2-11-8
印刷所　中央精版印刷株式会社
DTP　株式会社 四国写研

お客様へ
この本に関する各種お問い合わせ先

本の内容については Tel 03-6431-1465(編集部直通)
在庫については Tel 03-6431-1197(販売部直通)
不良品(落丁・乱丁)については
Tel 0570-000577
学研業務センター　〒354-0045 埼玉県入間郡三芳町上富279-1

上記以外のお問い合わせは Tel 03-6431-1002(学研お客様センター)

学研の書籍・雑誌についての新刊情報・詳細情報は、下記をご覧ください。
学研出版サイト http://hon.gakken.jp/